Ullstein

DIE AUTORIN:

»Eigentlich gehöre ich gar nicht nach Oberbayern, sondern nach Frankfurt am Main, wo ich geboren bin, auf die Schule ging und alle Torheiten trieb, die man als lebhaftes kleines und größeres Mädchen nur treiben kann. Die Berufswahl war schwierig, denn ›standesgemäße‹ Berufe für junge Mädchen gab es in meiner Jugendzeit nur wenige. Ich wurde, völlig aus dem Rahmen fallend, Innenarchitektin und, durch einige Fügungen des Schicksals, sogar Architektin. Ich heiratete auch noch einen Architekten, bin also bei der Architektur geblieben. Wie wir nach Oberbayern kamen, ist eine Geschichte für sich, und wie wir unser schönes altes Haus fanden, eine weitere. Es ist uns zur Heimat geworden, das Glück in guten, der Halt in schlechten Zeiten. Und hier, umgeben von allem, was ich mir je wünschte, einem Haus, einem Garten, Wiesen, Wald und vielen Tieren, kam dieses Buch ganz von selbst.« *(Else Thomé zur Erstausgabe, 1959)*

ELSE THOMÉ

Die Salzberger Schwalbengeschichte

Ullstein

ein Ullstein Buch
Nr. 23709
im Verlag Ullstein GmbH,
Frankfurt/M – Berlin

Ungekürzte Ausgabe
Mit Illustrationen
von Else Thomé

Umschlagentwurf:
Vera Bauer
Illustration: Marion Brandes

Taschenbuchausgabe mit
freundlicher Genehmigung
der Rechteinhaber

Printed in Germany 1995
Gesamtherstellung:
Ebner Ulm
ISBN 3 548 23709 6

Oktober 1995
Gedruckt auf alterungsbeständigem
Papier mit chlorfrei
gebleichtem Zellstoff

Die Deutsche Bibliothek – CIP-Einheitsaufnahme

Thomé, Else:
Die Salzberger Schwalbengeschichte / Else Thomé. –
Ungekürzte Ausg. – Frankfurt/M ; Berlin : Ullstein, 1995
(Ullstein-Buch ; Nr. 23709)
ISBN 3-548-23709-6
NE: GT

»Aber das ist ja ein ganzer Roman«, sagten unsere Bekannten und Gäste, die erstaunt unsere Schwalbenwirtschaft zur Kenntnis nahmen und denen ich ein bißchen was von meinen Schwalben erzählte, »darüber könnte man ja ein Buch schreiben.« Und wie Bekannte und Gäste so sind, fanden sie die Schwalben »entzückend«, durchaus zu unserem Haus am Salzberg passend, und mich ein bißchen närrisch.

Nun habe ich aber neulich auf einem Kalenderblatt gelesen, daß Menschen, die im Zeichen des Schützen geboren sind, die Tiere lieben, zuviel Sentiments haben und außerdem zu Übertreibungen neigen. Es kann mich also nicht mehr kränken, wenn man mich für etwas närrisch hält: Ich kann es mir leisten, denn ich bin im Dezember auf die Welt gekommen. Aber ein Buch wollte ich deshalb noch lange nicht schreiben.

Jedoch eines Tages erging es mir damit wie mit so manchen anderen Dingen in meinem Leben, von denen ich zunächst nichts hatte wissen wollen – ich tat es doch.

Es fing ganz harmlos und unverdächtig an. Mein Mann fand, es sei »der Wissenschaft halber« sicherlich ganz interessant, wenn »man« – es brauchte ja nur in Stichworten zu geschehen – das Kommen und Gehen, Tun und Lassen unserer Schwalben notierte. Wenn aber mein guter Mann findet, daß »man« etwas tun soll, dann meint er damit in den meisten Fällen mich. Ich notierte also Stichworte und Daten in den Kalender; kurz, genau und sachlich. Aber ehe ich mich's recht versah, wurden aus den Worten Sätze, aus den Sätzen eine kleine Geschichte, aus der einen Geschichte viele Geschichten, es erging mir fast noch einmal so wie in der Schule, wenn mich ein Aufsatzthema packte, ich mit fliegender Feder Seite um Seite des Heftes füllte und, sehr zum Nachteil der Benotung, über der Fülle der Einfälle keine Zeit mehr für so prosaische Dinge wie die Zeichensetzung fand. Die Schwalben hatten mich ans Schreiben gebracht. Und es war gut so. Es wäre doch schade gewesen, wenn ihre Schicksale, so eng mit den unseren verbunden, vergessen worden wären, nicht diese Erinnerungen geblieben an Gezwitscher und Gesang, Schwalbeneltern und -kinder, gute und böse Zeiten, Jahre ihres und unseres Lebens gemeinsam in dem alten Haus, in einem Wiesental, drei Minuten hinter der Welt.

Es begann damit, daß eines Abends ein Schwälbchen auf der Tür zum Atelier saß, ein Schwälbchen mit blauschwarzem Gefieder, einer weißen Brust, rotbraunem Kehlchen, glänzenden und sehr munteren schwarzen Augen in dem runden Vogelköpfchen, mit denen es uns aufmerksam betrachtete.

Wir waren ziemlich ratlos.

»Es hat sich sicher verflogen, das arme Schwälbchen«, sagten wir.

Aber so viel war uns Städtern – denn wir waren gerade erst hierher »aufs Land« gezogen – doch klar: Wir konnten das

Vögelchen unmöglich bei hereinbrechender Nacht auffordern, wieder hinauszufliegen, oder es gar hinausjagen.

»Wir müssen morgen früh alle Türen und Fenster aufmachen«, beschlossen wir, »damit es hinausfindet.«

Zunächst schien es sich aber recht wohl bei uns zu fühlen. Nachdem es uns noch eine Weile betrachtet hatte, plusterte es sich auf eine überaus reizende Art auf, gähnte – ich hatte nicht geahnt, daß Vögel gähnen können –, steckte den Kugelkopf zurück zwischen die Flügel und schlief.

Als wir am anderen Morgen herunterkamen, war es längst davon. Fanny, unser Mädchen, berichtete, daß es sofort, als sie die Verandatür öffnete, hinausgeflogen sei. Es tat uns leid, daß wir es nicht mehr gesehen hatten, aber wir waren sehr froh, daß es, ohne Schaden zu nehmen, den etwas schwierigen Weg in die Freiheit wiedergefunden hatte.

Am Abend saß es plötzlich wieder auf dem gleichen Platz auf der Ateliertür. Wir standen vor ihm und staunten.

Das schien ja fast so, als ob es sich gestern gar nicht verflogen hätte, sondern bei uns im Haus, ausgerechnet auf der Tür zum Arbeitszimmer meines Mannes, im sogenannten Küchenflur, übernachten wollte! Und es war doch gar nicht so einfach, durch die Veranda hier hereinzufinden in den etwas dunklen Seitenflur im Erdgeschoß!

Wir schüttelten den Kopf. Das war wirklich eine seltsame Idee von diesem Schwälbchen.

Aber es gefiel ihm hier sichtlich. Es spazierte zunächst auf eine unbeschreiblich komische Art ein bißchen auf der schmalen Türumrahmung hin und her, dann wurde programmgemäß wieder gegähnt, wupp, kam der Kopf zurück zwischen die Flügel, und schon saß wieder ein aufgeplustertes, eifrig atmendes kleines Federbällchen da, mit langem, elegantem Schwanz, und schlief, als müßte das alles so sein.

Dagegen war nun allerdings nichts zu machen oder einzuwenden. Ein Lebewesen, das seine Absichten so sicher und unmißverständlich kundtat, mußte auf jeden Fall respektiert werden, zumal es außerdem noch so reizend war.

»Ich werde ein Papier auf den Fußboden legen«, sagte ich.

Mein Mann sagte lediglich: »Na ja.«

Butz, unser brauner Spaniel, war entrüstet ob dieses Familienzuwachses, denn Vögel gehörten seiner Ansicht nach hinaus in die Luft, und wenn sie niedrig flogen, mußte man hinter ihnen herrennen und bellen und so tun, als ob man sie leicht fangen könnte.

Das Mädchen Fanny sagte gar nichts, denn sie war vom Lande, und Vögel interessierten sie keineswegs.

Der nächste Tag wurde um vier Uhr mit lautem Gesang eröffnet. Zu diesem Zweck hatte »es« die Lampe im Flur bestiegen. Das »es« war also ein »er«! Denn so viel wußten wir immerhin, wenn wir auch Städter waren: Das Lied von der Frau Schwalbe, die eine Schwätzerin ist, das stimmte nicht. Singen konnte immer nur »er«.

Also unser Schwälber sang. Schön? Nein, das konnte man nicht sagen. Der Schluß jedes Verses war sogar ausgesprochen unmusikalisch, eine glatte Disharmonie. Aber er sang mit Begeisterung. Der ganze kleine Kerl war in Aufregung. Als er dann dachte, es sei genug für heute, flog er mit einem blitzschnellen, eleganten Schwung hinaus.

Diesmal kam er nicht erst am Abend wieder, sondern gab einige Gastspiele während des Tages, erschien im Flur auf seinem Platz, auf der Lampe, auf der Verandatür, sang, putzte sich, flog aus und ein, kurz, er tat uns kund und zu wissen, daß er endgültig zum Hause gehöre.

Bald beschränkte er sich nicht mehr auf den Küchenflur. Er ergriff nach und nach vom ganzen Haus Besitz. Er tauchte in der Diele auf, fand die Lampe dort äußerst bequem zum Sitzen, entdeckte den Haupteingang und machte von ihm Gebrauch, indem er wie ein Blitz zur Verandatür hereinflog, durch den Küchenflur sauste, mit hui um die Ecke in die Diele und zur Haustür wieder hinaus. Rücksichten gab es nicht. Wir hatten aufzupassen, daß wir ihm nicht in den Weg kamen. Langsam fliegen kam nicht in Frage, für ihn gab es nur höchste Geschwindigkeiten.

Dann fand er sich im Wohnzimmer ein und besah sich alles genau. Es sagte ihm zu, und er beschloß, hier täglich die heiße Mittagszeit zu verbringen. Wir protestierten schwach. Denn bei aller Liebe und Duldsamkeit – hier in unserem Wohnzimmer hätten wir gern auf die weißen Kleckse verzichtet.

»Das geht aber doch wirklich nicht«, meinte mein Mann und betrachtete kummervoll den weißen Fleck auf der Platte der kleinen Kirschbaumkommode.

»Du mußt es ihm halt verbieten«, sagte ich, »jag ihn hinaus.«

Mit einem wütenden Quieken schoß der Schwälber hinaus. Das war ihm denn doch noch nicht bei uns passiert! Aber ehe wir uns umsahen, war er schon wieder da. Es war nichts zu machen. Er hatte sich nun einmal vorgenommen, die Zeit von zwölf bis eins im Wohnzimmer zu verbringen, und dabei blieb er. Er hatte Charakter.

Was ihm gefiel, nahm er mit selbstverständlicher Sicherheit in Besitz. Was ihm nicht zusagte, lehnte er nach kurzer Prüfung ein für allemal ab. Was man ihm streitig machte, verteidigte er mit Mut und Hartnäckigkeit.

Im Erdgeschoß hatte er also den Küchenflur, die Diele und das Wohnzimmer mit den schönen alten Biedermeiermöbeln als passend befunden. Der Einflug durch die Veranda war ihm angenehm, die Haustür als zweiter Ausgang sympathisch; Küche, Atelier und das grüne Gästezimmer kamen nicht in Frage. Sie wurden besichtigt, aber sie genügten seinen Ansprüchen nicht.

Ein Durchschnittsschwälber wäre ja nun vermutlich zufrieden gewesen – aber der unsrige? Kein Gedanke!

Er setzte sich auf den Lichtdraht, der vom Dach weit über die Wiesen zum nächsten Bauernhaus führt, besah sich das Haus von außen und stellte fest, daß auch noch ein erster Stock vorhanden war. Der mußte also systematisch untersucht werden – eine leichte Sache, denn meist standen dort alle Fenster offen. Und das Ergebnis? Er war entzückt. Nur ein Zimmer, unser Schlafzimmer, fand nicht seinen Beifall. Warum nicht, ist nicht zu ergründen. Alle anderen belegte er sofort mit Beschlag.

Er begann nun seine Besuchsrunde in den Gästezimmern des Morgens kurz nach vier, ausgeschlafen, munter und völlig gleichgültig dafür, ob seine Anwesenheit erwünscht oder unerwünscht war. Er erschien mit kühnem Schwung durch eines der Fenster, setzte sich auf die Zahnbürste im Wasserglas und sang aus Leibeskräften.

Man kann ruhig sagen, die Verblüffung über sein Erscheinen und den von ihm entfalteten Stimmaufwand war allgemein. Die Tierfreunde unter unseren Gästen waren entzückt, die Naturfreunde kamen durch sein Wecken zum Genuß des Sonnenaufgangs, junge Paare waren über unsere sinnige Aufmerksamkeit, sie durch den Gesang eines Schwälbchens wecken zu lassen, geradezu gerührt, die Langschläfer beschwerten sich über diese rücksichtslose Störung ihrer Nachtruhe, und die Musikalischen waren entsetzt ob so vieler falscher Noten. Man lachte, man schimpfte und – man gewöhnte sich an ihn. Er hatte auf der ganzen Linie gesiegt.

Und zuallerletzt entdeckte er auch noch die inneren Zusammenhänge des Hauses, die Treppe vom Erdgeschoß zum ersten Stock, eine Tat, die von uns auf das freudigste begrüßt wurde, denn nun brauchte ihm niemand mehr in aller Frühe die Tür zur Veranda zu öffnen. Er flog zur Treppe hinauf, machte gelegentlich eine kleine Pause auf einem der Schränke, die auf den breiten Fluren des ersten Stockes stehen, putzte sich ein bißchen, stimmte seine Kehle, und dann ging's mit Sicherheit zum Flurfenster hinaus. Sein Gastspiel in den Schlafzimmern begann.

Er war fast den ganzen Tag im Haus oder in der Nähe. Wir kannten ihn bald unter den anderen Schwalben heraus. Er war ein stattlicher Schwälber und ein kühner Flieger. Er umkreiste das Haus und unsern großen Tannenbaum mit schnellen Schwüngen, machte Loopings und Sturzflüge und vertrieb mit schrillen, wütenden Schreien jeden anderen, der es wagte, seine Kreise zu stören. Das Haus und ein gewisser Umkreis gehörten ihm, und er benahm sich vollkommen als Herr und Besitzer. Nur gegen Abend unternahm er in Gemeinschaft mit den anderen Schwalben des Tales größere Ausflüge, aber pünktlich bei Einbruch der Dunkelheit erschien er wieder, saß noch ein bißchen, wie es ein ländlicher Hausherr des Abends tut, an der Haustür und überdachte mit schiefgeneigtem Kopf wohl noch einmal den Tageslauf. Dann putzte er sich und flog schließlich befriedigt auf die Ateliertür zum Schlafen.

Er führte ein vorbildlich geordnetes Leben.

Aber warum war er nicht verheiratet?

Warum hatte er keine Frau?

Ich hatte inzwischen festgestellt, daß es in vielen Bauernhäusern Nester mit jungen Schwälbchen gab. Die Bauersleute nahmen nicht sonderlich viel Notiz von ihnen. Sie waren halt da, die Schwalben, sie machten »Dreek«, und viele mochten sie deshalb nicht leiden. Im übrigen kümmerte man sich nicht weiter um sie. Spaßige Idee von diesen Städtern, sich um Schwalben zu kümmern!

Da war also nichts zu erfahren.

Ich hielt meinem Schwälber in seinen Mußestunden im Wohnzimmer und des Abends, wenn er auf der Haustür saß, ein paar diesbezügliche Ansprachen. Er legte, wie immer, wenn ich mit ihm redete, höflich den runden Kopf auf die Seite und hörte mich ruhig und aufmerksam an, aber zu Herzen nahm er sich meine Ermahnungen nicht. War er etwa ein Junggeselle aus Passion? War er zu alt zum Heiraten oder zu jung? Gab es vielleicht zuwenig Schwalbenfrauen, und er hatte keine bekommen? Ich konnte es nicht ergründen.

So ging der Sommer dahin, unser erster Sommer am Salzberg. Es wurde Anfang September, und eines Tages saßen viele Schwalben in langen Reihen auf den Drähten.

»Wann wird er fortfliegen?« fragten wir uns. »Wird er heute abend noch kommen?«

Und dann war eines Abends sein Platz leer, und ich muß sagen, wir standen sehr traurig davor. War der Sommer wirklich schon zu Ende? Noch blühten die Blumen, noch waren die Bäume grün, noch strahlte die Sonne an unserm blauen bayrischen Himmel. Aber die Tage waren doch schon merklich kürzer geworden, die Nächte kalt, und manchmal lag schon ein wenig Schnee auf den höchsten Spitzen der Berge. Unser Schwälber war fortgeflogen. Wohin?

Würde er wiederkommen? Wir wußten es nicht.

Langsam verging ein wunderbarer Herbst. Ein blauer, wolkenloser Tag reihte sich an den anderen, die uralten Ahornbäume standen in roter Pracht auf den schönen grünen Wiesen, die Dahlien prangten in allen Gärten, und die Rotschwänzchen und Bachstelzen zwitscherten ihre Abschiedslieder. Nur ganz allmählich wurde es stiller, verließ uns ein Vogel nach dem anderen, breiteten sich die Blätter als raschelnder Teppich über die Erde, bis zuletzt nur noch die Lärchenbäume golden in den dunklen Tannenwäldern schwebten.

Schritt für Schritt kam der Winter von den Bergen herabgestiegen, rastete auf halber Höhe und atmete den Reif über Fels und Moos. Dann war eines Morgens die Waldwiese beschneit, und im Dezember endlich wurde auch das Tal von dem großen weißen Mantel zugedeckt. Wir erlebten unseren ersten Winter im Hochgebirge, die tiefe Einsamkeit, wenn der Schnee tagelang und nächtelang gleichmäßig vom Himmel fällt, die feierliche Stille, in der jedes Leben aufgehört zu haben scheint.

Da pickte es an unser Fenster.

Es lebte also doch noch etwas. Und es lebte sehr nachdrücklich und stellte Ansprüche. Vögel nämlich!

»Wir möchten etwas zu essen«, sagten sie, »und zwar schleunigst.«

Also kauften wir Vogelfutter – und zwar ganz hübsche Mengen, wie es sich im Lauf der Zeiten herausstellte. Vielleicht hatte unser Schwälber weitererzählt, daß wir unser Herz für die Vögel entdeckt hatten, und die Parole ausgegeben: »Hier wohnen gute Leute.«

Wie dem auch sei, sie kamen in Scharen. Wir suchten ein altes Schulbuch auf dem Speicher, um die Namen unserer Gäste festzustellen, und als es sich als unzulänglich erwies, kam zu Weihnachten »Der kleine Brehm« auf den Gabentisch. Nun ging es schon besser mit dem Kennenlernen.

Da waren zunächst die Meisen. Alle Sorten. Kohlmeisen, Blaumeisen, Sumpfmeisen, der Kleiber, alle immer munter und guter Dinge. Das schwirrte und flatterte und hüpfte und fraß den ganzen Tag.

Dann kam ein Ehepaar Dompfaff. Er eine strahlende Schönheit, doch kein Held, wie sich bald herausstellte. Aber vielleicht wäre auch einem weniger gutmütigen Gatten bei dieser Frau der Mut vergangen. Sie war das böseste und zänkischste Weib auf Gottes Erdboden. Nur wenn sie es erlaubte, durfte der arme Mann etwas essen, und das kam erst in Frage, wenn sie satt war.

Ein weiteres Ehepaar Dompfaff erschien, kurz darauf noch ein drittes, und bei allen dreien erging es dem sanften, bildschönen Ehemann schlecht. Die grauen, etwas korpulenten Frauen regierten egoistisch und streitbar. Ob der gute Mann deshalb wohl so klagend rief? Ich habe jedenfalls immer nur diesen einen langgezogenen traurigen Ton von ihm gehört, und schon morgens in aller Frühe, wenn wir noch im warmen Bett lagen, wußten wir: »Aha, Jammerfritzens kommen angereist«, denn immer näher hörten wir den klagenden Ruf, und wenn wir die Läden öffneten, dann saßen Dompfaffens in ihrer paradiesischen Farbenpracht auf dem verschneiten Jasminstrauch vor dem Haus und warteten geduldig, bis ihre besseren Hälften den ersten Hunger gestillt hatten und sie auch auf das Fensterbrett durften. Aber etwas Gutes erwuchs uns dennoch aus der Bosheit der Damen Dompfaff. Sie nahmen uns die Mühe ab, unsere Hanf- und Sonnenblumenkerne vor den gefräßigen Spatzen und Grünfinken zu verteidigen, denn auch vor diesen machte ihr Kampfgeist nicht halt. Sie schlugen sie unermüdlich in die Flucht.

Auch der längste Hochgebirgswinter nimmt einmal ein Ende. Eines Tages blühten an den ersten schneefreien Stellen die blauen Leberblümchen. Auch die Anemonen und Schlüsselblumen wachten auf.

Das Gedränge an unserer Futterstelle wurde langsam schwächer. Dompfaffens kehrten in die Wälder zurück, die Meisen trieben mit viel »tschimtschim« auf allen Bäumen und Büschen ihr Wesen, und ein Kohlmeisenpärchen schleppte sehr zu unserer Freude eifrig Baumaterial in eine Asthöhle des alten Apfelbaumes.

»Wann werden wohl die Schwalben wiederkommen?« fragten wir uns.

Im April, als sie nach der Ankündigung Brehms erscheinen mußten, war noch nichts von ihnen zu sehen. Wir schauten täglich nach ihnen aus, aber der Himmel blieb leer.

Ein Gutes hatte allerdings unsere Aufmerksamkeit. Wir entdeckten so manches, was uns sonst wohl entgangen wäre. Zum Beispiel ein Bachstelzenpärchen, das vergnügt und eilig auf dem Schindeldach des alten Salzbergwerkstadels spazierenging und bald auch in unserm Garten Hälmchen zu sammeln begann.

Dann kam ein Herr Gartenrotschwanz, dem es auf unseren Zwetschen- und Mirabellenbäumchen besonders gut zu gefallen schien, und bald hatte auch er eine junge Frau aufgetan, sang ihr süße Lieder vor und machte Propaganda für ein als Wohnung vortrefflich geeignetes Loch in der Hauswand.

Im Holzschuppen entdeckte ich eines Tages eine Amsel, die bereits still und andächtig auf einem großen, schönen Nest saß, während ihr sehr gut aussehender Gatte auf den höchsten Ästen unserer großen Tanne seine Strophen schmetterte.

Und dann endlich eines Morgens zogen die schnellen Pfeile durch den Frühlingshimmel, erst ein paar, dann jeden Morgen mehr.

Auf den Drähten saßen sie, die schlanken blauschwarzen Gesellen mit der weißen Brust und dem rotbraunen Kehlchen, und hielten Rast nach der weiten, weiten Reise.

Mit dem Mai waren die Schwalben gekommen.

Unsere Erwartung wuchs und wuchs und wurde langsam zur traurigen Enttäuschung, denn der Platz im Küchenflur blieb leer.

»Schade«, sagten wir, »sehr schade«, und ich dachte betrübt darüber nach, welches Schicksal wohl meinen Schwälber ereilt haben mochte – in Afrika – auf dem Meer – in Italien –, denn daß er wiedergekommen wäre, wenn er noch lebte, davon war ich überzeugt. Auch mein etwas skeptischer Mann konnte mich nicht davon abbringen.

Aber dann, eines Tages, geschah es. Wir hörten ein durchdringendes Geschrei – Singen oder Piepen oder Zwitschern konnte man das nicht mehr nennen –, ein dunkles Etwas raste ums Haus, so schnell konnten wir gar nicht gucken, schoß durch das Haus, zur Veranda herein, zur Haustür wieder hinaus und saß schließlich auf dem Lichtdraht, sang und sang und konnte sich gar nicht beruhigen.

Unser Schwälber – unser Schwälber war heimgekommen.

Ach, wie haben wir uns gefreut!

Wir haben auf der Wiese gestanden und zu ihm hinaufgesehen, und ich hab' ein bißchen heulen müssen.

Es ist also wirklich wahr. Ein kleiner Vogel, der einen Sommer lang unser Hausgenosse war, flog im September davon, flog unwahrscheinlich weit hinweg, über die Alpen, über südliche Länder, über das Meer nach Afrika – und an einem Tag im Mai war er wieder da. Er hatte den Weg zurückgefunden und hielt eine jubelnde Begrüßung.

Am Abend saß er auf seinem alten Platz über der Tür zum Atelier, ein aufgeplustertes Federbällchen, und schlief in sicherer Hut von langen Reisen und Abenteuern aus.

Und wir waren glücklich darüber.

Am andern Tag nahm er mit schöner Selbstverständlichkeit seine Lebensgewohnheiten wieder auf, als hätte er uns nie verlassen. Aber nach ein paar Tagen mußten wir doch eine Veränderung in seinem Benehmen feststellen. Er war verliebt, er ging auf Brautschau, er wollte heiraten und eine Familie gründen.

Wir sahen ihn mit einer anderen Schwalbe ums Haus fliegen. Er zwitscherte laut, zeigte ihr den Einflug durch die Veranda, flog auf das Ofenrohr, das den Küchenflur durchquert, und sträubte die Federn wie ein Auerhahn. Er trippelte, immerzu in sämtlichen falschen Tönen singend, aufgeregt auf dem Ofenrohr hin und her und erreichte schließlich, daß seine Dame die Scheu überwand, mit hereinkam und seine Häuslichkeit besichtigte.

Aber er hatte kein Glück. Sie mochte nicht, die Sache imponierte ihr nicht, er konnte tun, was er wollte – sie dankte.

Er versuchte sein Glück bei einer anderen, einer dritten, aber er hatte mit seiner Werbung keinen Erfolg. Keine blieb bei ihm.

Wir waren mit ihm enttäuscht. Wir hatten ihn in jeder Weise unterstützt. Der Küchenflur wurde nur noch betreten, wie man etwa eine Kirche betritt, um die Braut nicht zu ängstigen und zu verscheuchen. Mein Mann hatte über die Ateliertür ein kleines Brettchen genagelt, recht einladend, um ein Nest darauf zu bauen. So schien es uns wenigstens. Wir hatten uns nicht gescheut, uns durch unser »Hoppei« mit den Schwalben die endgültige Verachtung unseres dienstbaren Geistes zuzuziehen. Aber alles war umsonst – und ich hätte doch so gern kleine Schwalbenkinder gehabt!

Plötzlich war unser Schwälber verschwunden.

Über eine Woche sahen wir ihn nicht mehr. »Er wird halt woanders hingezogen sein und dort ein Nest bauen, wo sie es will«, meinte mein Mann. Männer wissen ja immer alles.

Ich war wirklich enttäuscht. Aber gerade als ich meinen ungetreuen, verliebten Schwälber endgültig aufgegeben hatte, da erschien er wieder. Ich zankte ihn tüchtig aus. Es war zu reizend, wie er sich meine Reden mit schiefgeneigtem Kopf anhörte. Schließlich fing er dann immer an, sich zu putzen, wohl zum Zeichen, daß die Angelegenheit nun erledigt sei.

Er war jetzt wieder häuslich wie früher. Die Gäste wurden wieder pünktlich geweckt, die Zahnbürste eifrigst als Sitzplatz benutzt. Was kümmerte es schließlich ihn, wenn unser Verbrauch an Zahnputzgläsern, die er beim Wiederauffliegen in die Waschbecken warf, erheblich war. Einen durch einen solchen Absturz verursachten Sprung in einem Waschtisch hat ihm mein Mann allerdings bis heute noch nicht verziehen.

Bei schönem Wetter war er munter und bester Laune, an kühlen Tagen und in Regenperioden recht traurig und still, denn dann fand er ja keine Nahrung. Und – es ist wirklich komisch – an einigen Wochenenden, aber nur dann, war er unsolide und erschien erst am Montagvormittag wieder. Meine Anfragen, wo er sich seit Samstag herumgetrieben habe, überging er als taktlos.

Im Juli wurde er noch einmal unruhig. Noch einmal versuchte er sein Glück bei den Frauen. Umsonst. Es wollte keine einheiraten.

Da begann er ein Nest zu bauen. Nicht auf dem Brettchen über der Tür, sondern in der Ecke auf dem Ofenrohr. Ein mühevolles Unternehmen! Er hatte einen schlechten Baugrund gewählt, denn zwischen Ofenrohr und Wand war ein Hohlraum, der ausgefüllt werden mußte. Die Fundamente, die zu errichten waren, ehe er an den eigentlichen Hausbau denken konnte, hätten einen menschlichen Architekten zur Verzweiflung gebracht. Aber er bewies seinen Charakter. Nun hatte er sich einmal vorgenommen, gerade dort ein Nest zu bauen, und so baute er es auch.

Schlecht war der Platz ja auch sicher nicht. Der Einflug durch die Veranda führte direkt auf ihn zu. Die Höhe war auch richtig. Außerdem war die linke Wand sicher schön warm, da dort der Küchenkamin hindurchging. Das Ofenrohr selbst war kalt, denn der dazugehörige Kachelofen im Atelier war im Sommer nicht geheizt.

Aber der Bau ging wirklich fast über seine Kräfte. Er schleppte von morgens bis abends Material herbei, und es stellte sich heraus, daß die weggeworfenen Streichhölzer meines ewig rauchenden Mannes als besonders geeignet für die nötigen Abstrebungen über dem Hohlraum befunden wurden. Hälmchen wurden herbeigeschafft und schöne, feuchte Lehmerde vom benachbarten Bauernhof. Es war ein großes Unternehmen für einen einzelnen Schwälber, und manchmal saß er ganz erschöpft auf dem Ofenrohr neben seinem wachsenden Werk. Bis zum Beginn des Herbstes hatte er aber tatsächlich die Untermauerung zu einem großen Nest beendet. Damit stellte er den Bau ein.

Von nun an war er fast den ganzen Tag nicht zu sehen. Was trieb er in diesen letzten August- und Septembertagen? Schwer zu sagen. Einmal erschien er höchst seltsamerweise mit einigen ganz jungen Schwälbchen im Haus und flatterte mit ihnen auf den Fluren herum. Was bedeutete das nun? Hatte er etwa doch in einem anderen Haus eine Familie, waren die vierzehn Tage im Mai, in denen er verschwunden war, seine Flitterwochen gewesen? War das Nest mit Frau und Kindern irgendwo in der Nachbarschaft? Hatte er jetzt die zweite Brut mit großgezogen, waren die vier kleinen Schwälbchen, die ich in der letzten Zeit des öfteren auf unserem Lichtdraht beobachtet hatte und die dort gefüttert wurden, etwa seine eigenen?

Nach meinen langjährigen Erfahrungen glaube ich es heute fast, denn ich konnte nie beobachten, daß alte Schwalben sich um fremde Junge kümmern. Im Gegenteil, sie beißen sie weg. Es ist andererseits natürlich auch nicht das Normale, daß eine Schwalbenfamilie nicht zusammenwohnt. Ich könnte mir jedoch bei der Dickköpfigkeit unseres Schwälbers und seiner Anhänglichkeit an unser Haus vorstellen, daß er sich, als seine Braut den Nestbau bei uns ablehnte, zwar mit ihr verheiratete, aber seine Privatwohnung bei uns beibehielt.

Auch sein weiteres Verhalten sprach für die Richtigkeit dieser Theorie. In den ersten Septembertagen verließ die Mehrzahl der Schwalben unser Tal. Zurück blieben nur diejenigen, deren zweite Brut noch nicht flugreif für die weite Reise war, sie waren damit recht spät dran in diesem Jahr. Zurück blieb auch unser Schwälber. Ich muß sagen, uns wurde schon langsam bange, als er gar keine Anstalten zum Aufbrechen traf, sondern Abend für Abend wieder erschien, denn es wurde in diesem Jahr früh Herbst, Mitte September war das Wetter schon ausgesprochen schlecht und kalt. Er blieb.

Und dann gab er uns am 26. September noch ein letztes Rätsel auf. Er brachte zum Übernachten eine Schwalbendame mit. Sie fand es zwar sichtlich etwas unheimlich bei uns und ängstigte sich, setzte sich aber zu ihm auf die Türumrahmung zum Schlafen und kam am nächsten Abend wieder mit. War es seine Frau? Ich glaube, ja.

Der 28. September war der erste strahlendschöne Tag seit langem, der Beginn einer längeren Schönwetterperiode. An diesem Abend blieb der Platz auf der Tür leer. Unser Schwälber hatte uns zum zweitenmal verlassen.

Das Fundament zu einem Nest und viele ungelöste Fragen ließ er uns zurück. Wie alt zum Beispiel mochte er sein? Sicher war er nicht mehr so ganz jung, vielleicht das, was man beim Menschen »in den besten Jahren« nennt. Wie alt wurden Schwalben überhaupt? Wie viele gingen auf der großen Reise zugrunde? Was konnte ihnen sonst noch alles zustoßen? Unser Schwälber hatte eine große Narbe an der Kehle. Woher? Hatte ihn einmal der Falke erwischt, hatte er mit einem Nebenbuhler gekämpft? Welch kleiner Bruchteil so eines Schwalbenlebens ist doch der, den wir im Hause beobachten können. Nur etwas mehr als vier Monate sind sie bei uns, und auch dann noch einen großen Teil des Tages uns weit entrückt. Da kommt man mit den Meisen, den Amseln, den Bachstelzen, den Buchfinken schon besser zurecht.

Über unser Meisenpärchen im Apfelbaum waren wir bestens unterrichtet. Sie hatten in diesem Jahr dreimal Kinderchen gehabt und sie aufgezogen. Kaum war die eine Brut groß, kamen die nächsten an die Reihe. Von uns wurde dazu eine kleine Beihilfe für kinderreiche Familien in Form von Butter beansprucht.

Das ging ganz einfach so vor sich: Man erschien zu den Mahlzeiten auf der Veranda, hopste höchst ungeniert auf den Butterteller, lud sich den Schnabel voll, flog damit die paar Meter zum Apfelbaum, erschien nach ein paar Sekunden mit leerem Schnabel wieder und setzte dies fort, solange der kleine Vorrat reichte. Auch sich selbst mußte man zwischendurch etwas stärken. Wo sollte man auch noch die Zeit zum Essen und Essensuchen für sich selbst hernehmen, wenn viele hungrige Schnäbel den ganzen Sommer lang ununterbrochen schrien? Ich muß schon sagen, die Kohlmeiseneltern sahen zum Schluß ganz heruntergekommen aus, wahrhaft mitleiderweckend. Ihre anspruchsvollen Kleinen, die sie uns auf der Veranda vorstellten, wirkten jedenfalls wesentlich wohlgenährter und gepflegter als die geplagten Eltern.

Solch junge Meisen sind ja doch sehr herzig. Sie kommen als komplette, lebhafte kleine Vögel aus dem Nest, entzückend anzusehen mit dem kanariengelben Brüstchen und der kecken schwarzen Zeichnung. Sie können ausgezeichnet fliegen. Nur kommen sie meistens woandershin, als sie eigentlich wollen, mit der Steuerung hapert es halt noch. Und deshalb müssen sie nun wieder ununterbrochen quietschen und piepen, denn sie möchten immer alle zusammensein. In einem Garten mit jungen Meisen geht es den ganzen Tag munter zu; vom Apfelbaum zur Tanne, von der Tanne auf die Veranda, von der Veranda zum Nußbaum und weiter in die Weiden, ins Kirschspalier, auf die Zwetschenbäumchen. Ein kleiner Ausflug am Bach entlang – und da sind sie schon wieder, immer piepend, immer hungrig, und die Eltern stopfen unermüdlich die offenen Schnäbel.

Bei den Amseln ist die Sache wesentlich anders. Solange die Kleinen noch im Nest sind, geht alles gut. Die Eltern sorgen aufs beste für sie, ganze Bündel Regenwürmer werden wie Spaghetti serviert, aber mit dem Ausfliegen beginnen die Aufregungen und Tragödien. Denn geflogen wird zunächst nicht, sondern auf den Wegen und in den Wiesen herumgehüpft, und überall lauert der böse Feind. Der schlimmste sind die Raben. Wir konnten es nicht verhindern, daß ein Vertreter dieses Gelichters alle drei Jungen an einem Nachmittag holte. Die Alten jammerten verzweifelt. Ich konnte nicht umhin, mir ein kleines Gewehr zu kaufen und von nun an auf die Rabenjagd zu gehen. Seitdem geht es meinen jungen Amseln besser.

Mit dem weiteren Feind, den Katzen, die es in Scharen gibt, räumte unser Butzi mit Begeisterung auf. Besonders nachdem er gemeinsame Sache mit dem Buchfink gemacht hatte. Der Buchfink ist einer der wachsamsten Vögel. Ist Unheil im Anzug, warnt er unaufhörlich mit einem eindringlichen Piepen. Das war zunächst für mich das Zeichen, Nachschau zu halten, was meinen gefiederten Freunden wieder einmal drohte, aber bald hatte Butzi die Sache auch spitz. Sobald der Buchfink begann, startete er. Und der Buchfink war ebenfalls in Kürze im Bilde. Wenn Butzi erschien, hörte er mit dem Warnen auf. Er wußte die Angelegenheit nun in besten Händen und nahm befriedigt von seinem erhöhten Platz aus die wilde Katzenflucht zur Kenntnis.

Butzis Verhältnis zu den Vögeln und wiederum das der Vögel zu ihm war überhaupt eine Sache für sich. Kluger Hund, der er ist, hatte Butzi schnell kapiert, daß er den Vögeln nichts tun durfte. Sie ein bißchen aufzuscheuchen, wenn sie seine Schüssel nachkontrollierten, das konnte er freilich nicht ganz unterlassen. Etwas beleidigt war er ja überhaupt, daß Herrchen und Frauchen sich außer mit ihm neuerdings auch noch mit anderen Lebewesen befaßten. Und Amseln, die Kirschen stahlen, mußte er unbedingt mit Gebell verfolgen, das war denn doch zuviel für seine Begriffe von Besitz, Recht und Unrecht. Aber im großen und ganzen hatte er sich entschlossen, sie zu verachten, da er sie nicht jagen durfte.

Und die Vögel ihrerseits? Sie kannten ihn und nahmen ihn in keiner Weise ernst. Er war ein Tier, das bellte, aber ungefährlich. Und daß er die Katzen vertrieb, wurde restlos anerkannt.

Heute ist dieses System leider nicht mehr so vollkommen im Schwung. Butzi ist mittlerweile zwölf Jahre geworden und trägt dieses biblische Alter mit Würde zur Schau. Er ist etwas schwerhörig, und bei scharfem Galopp streikt das Herz. So verbringt er seine Altherrenjahre mehr dekorativ als tätig – heißt auch dementsprechend nicht mehr Butzi, sondern »Herr Maier« –, und die Katzen sind leider wieder dreister geworden.

Der Winter verging unter noch lebhafterem Futterbetrieb als im Vorjahr. Die Zahl unserer gefiederten Gäste war gewachsen, sie hatten vermutlich alle ihre Familie mitgebracht.

Unser Entzücken und unsere ganze Sorge war ein Rotkehlchen, das wohl irgendwie den Anschluß an die Reise nach dem Süden verpaßt hatte. Es war gar nicht scheu und hatte besonders große, schöne, sanfte Augen. Zu unserer Freude überstand es den Winter und sang seine ersten Frühlingslieder in unserm Fliederbusch. Dann zog es wohl mit seinen Artgenossen fort. Man sieht bei uns hier selten Rotkehlchen, nur gelegentlich im Frühjahr und Herbst auf der Durchreise.

Aber alle unsere anderen Vögel kamen wieder. Bachstelzen wippten vergnügt auf dem alten Schindeldach, am Bach und in den Wiesen. Rotschwänzchens entschlossen sich dieses Mal zu einem Nest in der Südwand des Hauses. Die Amseln bauten zum Mißvergnügen meines Mannes im Kirschspalier. Aber zu ihrer Ehre muß gesagt werden, daß sie auch nicht eine Kirsche mausten, sondern ihre Kleinen nur mit Würmern ernährten. Ich habe überhaupt beobachtet, daß junge Amseln keinerlei Früchte oder Beeren zu essen bekommen. Zusätzliche vegetarische Kost scheint eine Leckerei und erst von einem gewissen Alter ab zuträglich zu sein. Aber, wie gesagt, als das Nest im Spalier war, naschten auch die Alten nichts davon. Mein Mann war geradezu enttäuscht, als seine schlimmen Prophezeiungen über unsere Kirschenernte nicht in Erfüllung gingen. Ich für mein Teil war an diesem unerwarteten Erfolg zwar gänzlich unbeteiligt, aber ich strahlte.

Es war am Himmelfahrtstag. Ein richtiger, schöner Himmelfahrtstag, sonnig, blau, mit kleinen weißen Wolkenballen. Unser großer Tannenbaum begann auf allen Ästen rote Kerzen aufzustecken. Die Wiesen blühten über und über, so schön, wie eben nur bayrische Wiesen blühen können,

wenn endlich der viele Schnee vergangen ist. Die Lärchen und Ahornbäume in ihrem jungen Grün sahen in den Tannenwäldern ordentlich leichtsinnig aus. In der Kapelle am Berghang gegenüber bimmelte das Glöckchen, und die Bauern gingen in ihrem prächtigsten Gewand zur Kirche.

Da kam unser Schwälber an. Das hatte er doch wirklich fein gemacht! Festlicher hätte seine Ankunft nicht sein können.

Er selbst schien ebenfalls restlos begeistert zu sein. Unzählige Male umkreiste er jubelnd das Haus, flog aus und ein, inspizierte eingehend die Fundamente zu seinem Nest, fand sie noch in Ordnung und begab sich umgehend auf Brautschau.

Mit schrillem Geschrei nahm er den Kampf mit den Nebenbuhlern auf, überbot sich selbst in den tollsten Flugkunststücken und sang – was er so singen nannte – vom frühen Morgen bis zum späten Abend. Aber wenn es auch mit der Musikalität haperte, Stilgefühl hatte er. Sein neuester Lieblingsplatz waren die Kerzen, die auf dem Wandbrett in der Diele standen, und es muß zugegeben werden, die Wirkung war äußerst dekorativ. Auch auf einem roten Schrank im ersten Stock machte er sich ausgezeichnet. Und dieses Mal schaffte er es.

Er gewann das Herz einer Schwalbendame.

Sie war zart und hübsch, bedeutend kleiner als er und sichtlich beeindruckt von seiner bezwingenden Männlichkeit und der komfortablen und weitläufigen Häuslichkeit, die er bieten konnte.

In diesen Tagen wurde bei uns im Haus nicht viel gearbeitet; wir mußten uns das junge Glück besehen. Unser Schwälber war ein feuriger Liebhaber, sie wohlerzogen und zurückhaltend, keusch und in scheuen Züchten. Sie besah sich den Bräutigam und sein Heim mit schiefem Köpfchen, besichtigte das Ofenrohr und das begonnene Nest, nahm den Platz auf der Ateliertür zur Kenntnis, stellte ihrerseits fest, daß die Lampe in der Diele ein angenehmer Sitzplatz war, und unterzog auch uns einer eingehenden Musterung. Sie ließ sich keineswegs von Gefühlen hinreißen, o nein, sie tat den Schritt in die Ehe mit Ruhe und Überlegung. Sie waren wirklich ein köstliches Paar, die beiden, »er« temperamentvoll, ungestüm, äußerst laut, »sie« völlig stumm, sanft und gemessen. Nach ein paar Tagen waren sie einig, und sie nahm ihren Platz zum Übernachten neben ihm auf der Tür ein.

»Na«, sagte mein Mann, und er sagte es zu mir, »nun hast du's ja geschafft.«

Es zeigte sich, daß der Schwälbin Sinn keineswegs nach einer längeren Brautzeit stand. Sie begann sofort mit dem Nestbau, und unser Schwälber schien es durchaus in Ordnung zu finden, daß seine Frau die Sache in die Hand nahm, nachdem er die nötigen Grundlagen geschaffen hatte. Er schleppte zwar ebenfalls unermüdlich das nötige Baumaterial herbei, aber die Architektur bestimmte sie.

Lehm und Erde gaben eine solide Außenwand, innen wurde eine Polsterung aus trockenen Hälmchen hergestellt und zum Schluß mit ein paar Federchen ausgelegt. Immer und immer wieder wurde das Nest während des Bauens ausprobiert, bis die Höhlung schließlich die gewünschte bequeme Form hatte. Nach ungefähr einer Woche war es soweit. Dem Familienzuwachs stand nichts mehr im Wege.

In den nächsten Tagen sah man Frau Schwälbchen ab und zu eine Zeitlang höchst besinnlich im Nest sitzen, während ihr Gatte auf der Verandatür die Ehrenwache hielt. Er ließ sie keine Minute allein.

Und dann setzte sich Frau Schwälbchen im Nest zurecht und verließ es fast drei Wochen lang nur immer mal für einige Minuten, um schnell ein paar Happen Fliegen zu fangen. Sofort flatterte dann der Mann auf den Nestrand, sträubte die Federn, schaute grimmig um sich und tat jedermann kund und zu wissen, daß er aufs äußerste entschlossen sei, diese seine kostbaren Eier zu verteidigen. Kehrte sie zurück, gab es jedesmal eine kurze, aufgeregte Unterhaltung. Aber, gottlob, es war ja noch alles in bester Ordnung, und sie konnte weiter ihren Pflichten nachkommen.

Unser Schwälber war wirklich ein Mustergatte. Fast den ganzen Tag war er zu Hause, nur zu kurzen Ausflügen konnte er sich gelegentlich entschließen. Geduldig leistete er seiner brütenden Frau Gesellschaft, und manchmal sang er ihr etwas vor.

Es wurden Sonntagskinder. Auf dem Flur fanden wir die hauchdünnen, zartbraun getupften Eierschalen, und die Eltern trugen bereits die erste Nahrung herbei. Zunächst ganz wenig, die Kleinen mußten in erster Linie noch von der Mama gewärmt werden.

Es war wirklich ein rührendes Bild, wenn die beiden Eltern ab und zu auf dem Nestrand saßen und stolz und aufmerksam ihre für uns noch unsichtbaren Kinder betrachteten. Besonders er, unser Schwälber, konnte sich gar nicht genugtun. Er nahm seine Vaterschaft äußerst wichtig und schien sehr entzückt von seinen Sprößlingen zu sein.

Nach vier Tagen sahen wir zum erstenmal einen klitzekleinen Kopf mit einem viel zu großen Schnabel an einem ganz langen, ganz dünnen Hals ruckartig über dem Nestrand erscheinen. Am nächsten Tag konnten wir feststellen, daß der Kopf dünne Haare hatte, die äußerst närrisch wegstanden. Ein zweiter, ein dritter Kopf wurde sichtbar. Wie viele mochten es wohl sein?

Am Ende der ersten Woche waren wir überzeugt, daß es vier waren. Ich nannte sie Mohikaner. Sie sahen zu komisch aus mit den runden Köpfen, um die nun wilde Stacheln standen, zu denen sich die zarten Härchen inzwischen ausgewachsen hatten. Man konnte sie weder schön noch schwalbenähnlich finden. Aber schließlich spielte ja unsere menschliche Kritik keine Rolle. Die Hauptsache war, daß die dazugehörigen Eltern von ihren Kindern begeistert waren.

Das Bemerkenswerteste war der Sinn für Reinlichkeit, den die Mama entwickelte. Mit einem Eifer, der an Fanatismus grenzte, putzte sie das Nest aus und säuberte ihre Kinder. Sie ging dabei keineswegs zart mit ihnen um. Ganz im Gegenteil, sie tat es höchst energisch. Aber sie hatte zweifellos Erfolg mit ihrer Erziehungsmethode. Kaum war die erste Woche herum, da erklomm zu unserm größten Erstaunen ein winziges, mit dunklen, stacheligen Federstümpfen bedecktes Etwas, das einmal eine Schwalbe werden wollte, den Nestrand, drehte uns seine Kehrseite zu – und auf dem Fußboden war ein weißer Klecks. Die Kinder waren also bereits stubenrein. Wir beschlossen, dies anzuerkennen, die Kleckse nicht übelzunehmen, stellten ein Kästchen an die gefährdete Stelle und priesen Gott und den Schwälber, daß das Nest nicht

in die Mitte des Flurs, sondern hübsch in die Ecke gebaut war. Außerdem taten die Eltern ein übriges. Mit einer wirklich erstaunlichen Technik fingen sie die »Kleckse« ab, ergriffen sie mit dem Schnabel und beförderten sie hinaus. Kann man mehr verlangen? Nein.

Aber in einem hatten wir uns geirrt – es waren nicht vier, sondern fünf Kinder. Das fünfte war meist schlecht zu sehen, es wurde in die hinterste Ecke gequetscht, da am vorderen Nestrand nur vier einigermaßen bequem Platz hatten. Man wuchs nun zusehends von Tag zu Tag. Die Stacheln legten sich, glätteten sich und wurden zu dunklen Federn, die Augen wurden wach, man entwickelte sich zu einer sehr lebhaften kleinen Gesellschaft. Und die Parole war: Fressen! Viel fressen!

Die Eltern hatten nichts zu lachen. Vom Morgengrauen bis zum Einbruch der Dunkelheit mußten sie sich tummeln. Der Appetit ihrer Sprößlinge war ungeheuer und wuchs immer mehr. Der Flugverkehr auf dem Küchenflur nahm ungeahnte Ausmaße und Geschwindigkeiten an. Für uns hieß es jedenfalls nur: Rette sich, wer kann! Dazu kam ein durchdringendes Geschrei, eine Art rhythmisches Gekecker. Die Kleinen konnten von ihrem Aussichtsbalkon hinter dem Nestrand ihre zufliegenden Eltern bereits erblicken, wenn sie in die Veranda einbogen. Dann setzte, als hätte man auf einen Knopf gedrückt, das Geschrei ein und verstummte ebenso plötzlich und gleichzeitig, wenn einer der Schnäbel gestopft war. Und wie wurden sie gestopft!

Auf jeden Fall gediehen die Kinder prächtig. Die markanteste Erscheinung unter ihnen war »der Dickkopf«, ein großer, dicker Bursche mit einem gediegenen runden Bimschädel, dem es zweifellos gelang, das meiste Futter zu erwischen, obwohl sich die Eltern sichtlich Mühe gaben, es gerecht und der Reihe nach zu verteilen. Er hatte meistens den günstigsten Mittelplatz inne und knuffte seine Geschwister, wenn sie auch etwas bekamen. Wenn dem alten Schwälber der Krach und Tumult einmal zu groß wurde, dann fuhr er die Bande tüchtig an, sprach ein Machtwort, wie es sich für einen richtigen Vater gehört, und die Jungen zogen die Köpfe ein.

Und was tat die Mutter? Etwas gänzlich Unpädagogisches. Sie flog zu ihren Kindern auf den Nestrand und wisperte auf eine heimliche und vertrauliche Art mit ihnen, so, als ob sie sagte: »Ach, nun laßt nur – der Vater kollert mal ein bißchen – laßt ihm die Freud – das tut weiter nichts.« Ja, es war schon so, sie hielt offensichtlich zu ihren Kindern.

Aber um Nummer fünf fing ich nun an, wirklich ernsthaft besorgt zu werden. Obwohl ein gewisses »Verwechselt eure Plätze!« stattfand, seitdem aus Gründen der Verdauung und der Sauberkeit der Nestrand bestiegen wurde, gelang es diesem schwächsten und wohl jüngsten der Geschwisterchen nur sehr selten, einen günstigen Platz zu erwischen. Es reckte verzweifelt hinter den vier anderen den Hals, aber es fiel wenig Futter für es ab. Nachdem es ihm nun einen Morgen besonders schlecht ergangen war und ich schon ziemlich ratlos darüber nachdachte, wie ich sein Geschick besser gestalten könnte, da griff es zur Selbsthilfe. Es arbeitete sich energisch nach der Seite durch und stieg aus.

Da saß es nun, ein winziges Etwas, noch recht ruppig und nur mit einer Andeutung von Schwanz, auf dem Ofenrohr. Seine Geschwister waren buchstäblich sprachlos ob dieses Unternehmens. Auch die Eltern staunten nicht schlecht, als sie mit der nächsten Fliegenportion erschienen, und ließen sich zunächst einmal neben ihm auf dem Rohr nieder. Es folgte eine aufgeregte, allgemeine Familienunterhaltung, aber es blieb dabei, »es, seine Winzigkeit«, blieb auf seinem selbstgewählten Platz und bekam fortan mehr zu essen. Ab und zu, anscheinend wenn es ihm so allein etwas zu kalt wurde, krabbelte es wieder ins Nest, aber nach einiger Zeit erschien es immer wieder draußen. Sein Bruder, der Dickkopf, betrachtete es dann mit ausgesprochener Mißbilligung.

Es war zu Beginn der dritten Woche. Die Kleinen sahen jetzt tatsächlich wie Schwalben aus. Die Federn, zwar noch etwas flaumig, waren fast schwarz, die Brüstchen weiß geworden, die Kehle ganz hellbraun. Die Stimmung konnte allgemein als vorzüglich bezeichnet werden. Besonders das Kleine auf dem Ofenrohr fing an, einen beängstigenden Unternehmungsgeist zu entwickeln. Es unternahm kleine Wanderungen auf dem Rohr und hatte die Entdeckung gemacht, daß es Flügel hatte und nun damit flattern konnte. An einem Mittag, plötzlich und ohne jede Vorrede, flog es auf und davon, ungeschickt und mit viel zu eifrigen Flügelschlägen, aber es flog, erwischte die Türöffnung, passierte die Veranda, und schon war es draußen, umkreiste den Tannenbaum und landete schließlich in halber Höhe auf einem Ast.

Zum Glück hatten die Eltern den Ausreißer erspäht. War das eine Aufregung! Die vier im Nest schrien aus Leibeskräften hinterher, die Eltern sausten um die Tanne, der Vater mit schrillen, kleinen Schreien, die sicher keine Freundlichkeiten für seinen tatendurstigen Sprößling bedeuteten. Die Mutter war die erste, die zur ruhigen Überlegung zurückkehrte. Sie setzte sich zunächst mal zu ihrem Kind, dem inzwischen doch auch etwas angst vor der eigenen Courage geworden war. Wie ein kleines Häufchen Unglück hockte es auf dem stachligen Tannenast. Aber die Reue dauerte nicht lange. Diese neue Welt, in die es gekommen war, war doch zu interessant. Da herrschte ja eine erstaunliche Helle im Gegensatz zu dem Halbdunkel des Küchenflurs. Da gab es viele fremde Dinge zu besehen. Der Zweig war kein so sicherer Platz wie das Ofenrohr, er schaukelte im Wind. Lebhaft sah es sich nach allen Seiten um.

Was würde es nun tun?

»Wie wird das Unternehmen dieses kleinen Abenteurers ausgehen?« fragten wir uns. Ich sah bereits tausend Gefahren und Katastrophen im Anzug, während mein Mann sich einen Liegestuhl auf die Wiese holte, um die weitere Entwicklung der Sache gemütlich und in Ruhe zu genießen. Geradezu roh, fand ich!

Eine Zeitlang geschah zunächst gar nichts. Die Mama machte zwar ihrem Kind wiederholt vor, wie man von dem Ast wieder auffliegen und in Richtung Veranda davonsegeln könnte, aber »es« zeigte vorerst keine Neigung, sich weiter im Fliegen zu betätigen. Dem Vater paßte die Sache mit dem Platz in der Tanne überhaupt nicht. Mißtrauisch und immer noch aufgeregt, zog er seine Kurven um den Baum und patrouillierte die nähere Umgebung ab. Hin und wieder wurde einmal schnell nach den anderen im Nest gesehen, aber soviel sie auch keckerten und – besonders der Dickkopf – sich entrüsteten, zu fressen bekamen sie jetzt nichts. Die Eltern hatten andere Sorgen. Als sie sich schließlich dann doch auf ihre Pflichten den artig Daheimgebliebenen gegenüber besannen und das Kleine einen Augenblick allein ließen, flog es prompt auf, flatterte eilig und ziellos in der Gegend herum und landete schließlich – es wußte wohl selbst nicht, wie – mit viel Glück auf einem Fensterladen im ersten Stock. Da saß es nun, recht kleinlaut, von Gott und der Welt verlassen.

Die Eltern waren nicht wenig erstaunt, als sie es im Tannenbaum nicht mehr vorfanden. Sie umkreisten ihn immer und immer wieder, suchten es auf allen Ästen – es war tatsächlich weg.

Die Mutter war auch jetzt wieder die Vernünftigere. Sie begann die Gegend systematisch abzusuchen, und es dauerte gar nicht lange, da hatte sie das ungezogene Kind auf seinem Fensterladen entdeckt. Aber nun wurde ein neues Erziehungssystem versucht. »Es« schrie zwar um Hilfe, als die Mama an ihm vorbeistrich, aber die Mama reagierte nicht. Sie ließ es sitzen, sie kümmerte sich scheinbar gar nicht darum, und auch der Vater flog nicht zu ihm. Sicher behielten sie es aber die ganze folgende Zeit gut im Auge.

Es war schon gegen Abend, als es sich wieder zum Auffliegen entschloß. Da waren wie der Blitz plötzlich die Eltern rechts und links von ihm, und ehe es wußte, wie ihm geschah, hatten sie es schnell und geschickt zur Veranda und in den Flur hineingesteuert. Es konnte gar nirgends anders hin, als auf das Ofenrohr zu stolpern.

Da saß es nun, ganz atemlos, und die gesamte Familie redete laut durcheinander. Besonders die vier im Nest konnten sich gar nicht beruhigen. Es war zweifellos ein Familienereignis ersten Ranges. Aber dann gab's schnell noch ein Abendbrot, und endlich schliefen alle von den Aufregungen dieses Tages aus. Die fünf im Nest eng aneinandergekuschelt – man sah nur die lächerlichen kleinen Schwänze –, die geplagten Eltern auf der Ateliertür. Und was schließlich uns betraf, so hatten wir durchaus den Eindruck, daß wir mit dieser Vogelkinderstube ereignisreichen Zeiten entgegengingen.

Der Anblick, der sich uns am nächsten Morgen bot, war der lebende Beweis dafür, daß ein schlechtes Beispiel auch die besten Sitten verdirbt.

Sie saßen bereits zu zweit auf dem Ofenrohr!

Dem Ausreißer von gestern – wir nannten ihn fortan den »Flieger«, »Fliaga« auf gut bayrisch – hatte sich ein Geschwisterchen angeschlossen, sehr ängstlich zwar und immer bei ihm Deckung suchend, aber es hatte es gewagt. Der Unternehmungsgeist des Fliaga war nach der stärkenden Nachtruhe größer denn je. Es dauerte nicht lange, da holte er zu neuen Taten aus.

Als erstes verlegte er seinen Sitzplatz auf einen Marmeladeneimer, der auf dem benachbarten Schrank stand. Der gefiel ihm ausnehmend. Es war ein großartiger Sport, auf dem Rand des Deckels herumzurennen und den Brüdern und Schwestern allerhand lose Reden hinüberzurufen.

Dann wurde ein Versuch unternommen, sich auf der Lampe niederzulassen, aber er scheiterte mangels Technik, die Lampe war zu glatt. Er kehrte zu dem auf dem Rohr zurück-

gelassenen Genossen zurück und schmiedete neue Pläne. Ein Ausflug zu zweit erschien ihm das Richtige! Nach einigen Palavern hin und her hatte er tatsächlich dieses wesentlich ängstlichere Gemüt dazu überredet mitzumachen. Unter dem Entsetzensgeschrei der drei Braven im Nest erfolgte der Start. Aber die Eltern paßten heute scharf auf, sie kannten nun ihre Pappenheimer. Kaum hatten die zwei Helden das Freie gewonnen, wurden sie auch schon geschnappt und wieder auf das Ofenrohr zurückgelotst. Eine höchst energische Ansprache des Vaters raubte ihnen für heute den Mut zu weiteren selbständigen Unternehmungen. Alles atmete auf.

Der nächste Tag war ein Sonntag. Drei Wochen waren die Kinder nun alt, entzückende kleine Schwälbchen, aber doch noch wesentlich kleiner als die Eltern. Besonders an den Schwänzen mangelte es noch erheblich. Aber sonst waren sie kräftig und gut genährt, denn das Wetter war anhaltend schön, das Futter also reichlich gewesen.

An diesem Sonntagmorgen deutete alles darauf hin, daß wir an der Schwelle entscheidender Ereignisse standen. Die Eltern flogen nicht wie sonst mit Nahrung aus und ein, sie blieben im Flur und hielten Reden. Sogar die sonst so stille Mama gab seltsame kleine Pieptöne von sich. Der Fliaga war in seinem Element. Keck lief er auf dem Ofenrohr hin und her, schrie dreist und laut in die Gegend und war unbedingt für Taten. Langsam wagte eins nach dem andern den Sprung aufs Ofenrohr. Dieser kleine Satz von zehn Zentimetern war halt doch eine unerhörte Sache, war der Schritt vom sicheren Hafen hinaus ins unbekannte Leben. Da mußte man seinen ganzen Mut zusammennehmen. Aber unter großer Aufregung, Flügelschlagen und Geschrei gelang er schließlich.

Nur der Dickkopf war ein völliger Versager. Er blieb als einziger dick und breit im Nest zurück, machte höchst mißbilligende Gesichter zu dieser Störung im gewohnten Lebenslauf und reklamierte das gute und reichliche Essen, das ihm heute – ausgerechnet zum Sonntag – gehässigerweise nicht verabreicht wurde. Nein, mit diesen barbarischen Neuerungen war er durchaus unzufrieden. Warum denn diese Änderung der lieben Gewohnheiten? Warum sollte eine erwiesenermaßen gute und einträgliche Position gegen eine

gänzlich unbekannte vertauscht werden? Es gab doch sicherlich nichts Besseres auf der Welt als ein bequemes, warmes Nest, wo einem das feine Fressen noch und noch in den Schnabel gestopft wurde. Nein, bei diesem Unternehmen konnte seiner Ansicht nach nichts herauskommen. Er war unbedingt für Dableiben – und endlich wieder was zu essen.

Es half ihm nichts. Seine Proteste waren umsonst. Die drei anderen bekamen mehr und mehr Spaß an der Geschichte, der Fliaga sorgte für die nötige Stimmung, und die Eltern sprachen Mut zu und ließen es an Ermahnungen nicht fehlen.

Da – auf einmal großes Geschrei, wildes Geschwirre und Geflattere, und dahin ging's.

Auf der Dachrinne fanden sie sich zum allgemeinen Erstaunen wieder. Zwei fielen erst mal hinein, krabbelten aber wieder heraus, und da saßen sie nun ganz atemlos und staunten die weite Welt an. Zur Belohnung für so viel Mut und Tüchtigkeit gab es darauf ein ordentliches Frühstück. Es war ein gelungenes Fest.

Aber sie waren nur vier! Der Dickkopf war im Nest sitzen geblieben. Ja, da saß er nun, mutterseelenallein, und keiner kümmerte sich um ihn. Das war gar nicht schön – besonders nicht mit leerem Magen. Ab und zu schauten später die Eltern herein, aber mitgebracht wurde nichts. Gegen Mittag war er mürbe. Die Eltern halfen mit ein paar Schubsern nach, und siehe da, er konnte auch fliegen. Aber es machte ihm Mühe bei seiner Korpulenz. Wie ein Mehlsack landete er auf der Dachrinne.

Allgemeine Erschöpfungspause mit anschließendem Mittagessen.

Danach wurde eine Art Patentsystem eingeführt. Alle Mann auf, auf – zweimal rund ums Haus herum –, und mit viel Geschrei und Gepurzel wurde wieder auf der gewohnten Stelle gelandet.

Nur unser Dicker streikte, streikte abermals. Ich muß sagen, er war doch ein ganz durchtriebener Bursche. Er flatterte zwar beim allgemeinen Abflug auch mit den Flügeln, blieb aber sitzen, und wenn der kleine Trupp wieder in Sicht kam, flatterte er wieder wie wild und tat so, als ob auch er gerade angekommen sei. Dann schrie er sofort nach Fressen – und tatsächlich, es war eine Sünde und Schande, seine Eltern fielen auf den Trick herein, und er bekam des öfteren als erster seine Ration. Wir haben Tränen über ihn gelacht. Er war das Prachtexemplar eines faulen Egoisten.

Es wurde Nachmittag, der Abend kam heran, aber die Eltern trafen keinerlei Anstalten, die Kinder wieder ins Haus zurückzubringen. Im Gegenteil. Der Ausflug wurde noch ausgedehnt, und die Familie drang mit einigen Schwierigkeiten, einschließlich des Dickkopfs, bis in die Weiden bei dem alten Salzstadel am Bach vor. Was sollte das nun heißen? Das war ja höchst seltsam.

Aber es war System in der Sache. Die Eltern zeigten keine Neigung, die Kleinen weiterzubringen, sondern lockten sie möglichst tief in die Bäume hinein. Da saßen sie nun auf den Ästen herum und wurden noch ein bißchen gefüttert. Schließlich steckte eins nach dem andern das Köpfchen zwischen die Flügel. Es konnte kein Zweifel mehr bestehen – es sollte hier draußen in den Weiden genächtigt werden.

Na schön, dachten wir, die Eltern müssen das ja schließlich am besten wissen. Wir begaben uns auf einen kleinen Abendspaziergang durch die Wiesen nach Berchtesgaden, und mein Mann hielt kluge Reden darüber, wie richtig gerade der geschützte Platz in den Weiden zum Übernachten gewählt sei, und über die Abhärtung gegen Wind und Wetter im allgemeinen und im besonderen.

Aber was wir bei unserer Heimkehr vorfanden, das verblüffte ihn doch.

Auf seinem gewohnten Platz auf der Ateliertür saß das Elternpaar Schwalbe. Sie hatten ihre Kinder – ihre zarten und unerfahrenen Kinder, wie ich nicht umhinkonnte festzustellen – allein draußen auf den Bäumen gelassen.

Ich kann nur sagen, ich war entrüstet. So etwas von Rabeneltern! Ich sagte es ihnen aber auch, jawohl, ich beschimpfte sie nach Strich und Faden.

Sie reagierten keineswegs. Sie dachten gar nicht daran. Sie steckten den Kopf zurück und schliefen den ruhigen Schlaf des Gerechten.

Ich befürchtete stark, sie hätten vielleicht ihre Kinder bis zum nächsten Morgen überhaupt vergessen oder die Kinder seien davongeflogen oder in den Bach gefallen oder von irgendeinem der vielen Todfeinde geholt worden.

Aber das Experiment ging gut aus.

Sofort um vier Uhr in der Frühe flitzten die Eltern in die Weidenbäume. Die Kinder saßen noch schön brav auf ihren Stängelchen, und ein fröhlicher Tageslauf nahm seinen Anfang. Munter wurde in der Gegend herumgereist, das Dach, der Nußbaum, die Fensterläden bevölkert, der Tannenbaum jedoch gemieden. Die Familie blieb immer hübsch zusammen, das Wetter war warm und sonnig, Fliegen gab es in Mengen, kurz, es war für kleine Schwalbenkinder eine Freude zu leben.

Man hätte eigentlich den ganzen Tag nichts anderes zu tun brauchen, als die verschiedenen Vogelkinderstuben im Garten zu beobachten.

Kohlmeisens im Apfelbaum waren schon wieder mit der zweiten Brut beschäftigt. An unseren Mahlzeiten auf der Veranda wurde auch in diesem Jahr regelmäßig teilgenommen, darüber hinaus wurden aber auch Besuche in der Küche ins Programm aufgenommen. Das war so recht etwas für sie. Meisen sind unglaublich neugierig. Sie untersuchen alles. Tüten weckten ihre ganze Begeisterung, überhaupt alles, was in Papier eingepackt war. Sofort wurde ein Loch in die Hülle gepickt und der Inhalt auf seine Eßbarkeit untersucht. Welche Wonne, wenn etwa Semmeln oder Kuchen darin entdeckt wurden! Auch in alle Schüsseln und Töpfe wurde geguckt, Bratkartoffeln, gebratenes Fleisch und – Pudding wurden als besonders gut befunden. Angst vor uns kannten sie nicht, wir waren ihnen vertraut.

Mit das Netteste war einmal, als ein kleines Meischen auf dem Frühstückstisch erschien und auf den Butterteller hüpfte. Ja, da saß es nun mit seinen X-Beinchen und hätte so gern etwas gehabt. Aber selbständig picken konnte es noch nicht, es war noch zu klein und zu dumm. Vater und Mutter waren nicht zur Hand. Was sollte es nun machen? Da wandte es sich vertrauensvoll an meinen Mann, piepte und schlug mit den Flügelchen, wie es alle jungen Vögel tun, wenn sie bei den Eltern um Futter betteln, und mein Mann fütterte es. Mittlerweile erschienen auch die Eltern, aber sie regten sich keineswegs über diesen Eingriff in ihre Angelegenheiten auf; sie waren einverstanden.

Sehr gut hatten sich auch die Rotschwänzchen bei uns eingelebt. Das Nest in einem Mauerloch der Südwand des Hauses erwies sich als sehr vorteilhaft für sie und ihre Lebensgewohnheiten. Übrigens gehörte schon viel guter Wille dazu, das unordentliche und primitive Gebilde aus ein paar Strohhalmen, Hölzchen und bestenfalls noch Wollfäden, das sie in das Loch gestopft hatten, als Nest zu bezeichnen. Sie gaben sich gar keine Mühe, es ein bißchen hübsch oder weich oder bequem zu machen. Aber sonst waren sie gute, besorgte und sehr vorsichtige Eltern.

Rotschwänzchens konnten wir wunderbar beobachten, denn ihr Leben bei uns spielte sich auf einem Raum von nicht viel mehr als hundert Metern im Umkreis ab. Der Gemüsegarten, der vor der Südseite des Hauses liegt, war ihr Haupttummelplatz, das Bohnengestell ihr ganzes Entzücken. Stundenlang saßen sie auf den Bohnenstangen, um von dort aus immer und immer wieder auf die vielen Insekten auf dem Gemüse und der Gartenerde hinunterzustoßen oder mit kleinen Luftsprüngen und Kapriolen eines im Vorbeifliegen zu erhaschen. Wurde umgegraben, so fehlten sie nie. Jede aufgeworfene Scholle wurde scharf beobachtet. Man mußte tatsächlich aufpassen, daß man sie nicht mit dem Spaten traf, so ungeniert holten sie sich aus nächster Nähe ihre Beute.

Aber obwohl sie uns doch genau kannten, flogen sie nicht gern zum Nest, wenn jemand dabei war. Das wollten sie geheimhalten, niemand sollte wissen, daß sie dort in der Wand ihre vier oder fünf gesprenkelten Jungen hatten, die so sonderbar heiser krächzten.

Ihr Todfeind war der Würger, auch Neuntöter genannt. Stundenlang und tagelang belagerte er das recht ungeschützte Mauerloch, und Vater Rotschwänzchen mußte sich entsetzlich aufregen und unausgesetzt warnen. Wir unterstützten ihn und taten alles, um seinen Feind zu vertreiben, aber der war hartnäckig und ausdauernd. Versuchte er einen Angriff aufs Nest, wurde Vater Rotschwänzchen zum Helden, der sich entschlossen, obwohl er doch viel kleiner und schwächer war, auf den Würger stürzte, während seine Frau die Kinder deckte. Die Aufregungen waren groß.

Aber diesen passionierten Mörder zu schießen widerstrebte einem auch – er war doch ein stolzer, schöner und kühner Vogel. Es ist auch, soweit ich weiß, verboten. Aber er war eine Plage für den ganzen Garten, und daß er gelegentlich unsere großen Schädlinge, die Vernichter vieler schöner Salatköpfe, die Maulwurfsgrillen, vertilgte, war am Ende doch kein genügender Ausgleich für seine Schandtaten. Alle Vögel fürchteten, haßten und bekämpften ihn, weil er ihren Kleinen so grausam nachstellte. Der Schwälber stieß auf ihn hinunter. Der tapfere Buchfink lieferte ihm ganze Schlachten. Die Meisen jammerten und schrien, wenn er Anstalten traf, ihre Kinder zu rauben, und hofften auf unsere Hilfe. Es war schon schlimm mit ihm, aber wir wurden ihn nicht los. Jedes Jahr war wieder einer da.

Was nun unsere Schwalbenfamilie anlangt, so ging es ihr zunächst einmal ausgezeichnet. Zwar erlebten die Kleinen gleich in der zweiten Nacht im Freien ein großes Gewitter, so ein richtiges, stundenlanges Hochgebirgsgewitter, das tobt und echot und abzieht und wieder zurückkommt. Es war schon eine grausame Erziehung zur Selbständigkeit, die die Eltern ihren zarten Kindern da angedeihen ließen, und es sprach durchaus für die Stabilität der Kleinen, daß sie auch diese harte Prüfung überstanden.

Die ersten acht Tage konnte man sie gut beobachten. Sie wurden noch nicht über die nähere Umgebung des Hauses hinausgeführt, blieben immer hübsch zusammen, wurden noch gefüttert, und ihre Flugkünste nahmen stetig zu. Aus dem Flattern wurde nach und nach ein Segeln, allerdings noch nicht so selbstverständlich und wunderbar ausbalanciert wie bei den Eltern. Dazu fehlte es immer noch erheblich am Schwanz, der die Grundbedingung zur vollkommenen Beherrschung der Fliegerei ist. Sie wirkten immer noch so ein bißchen wie kleine, eifrige schwarz-weiße Kugeln auf ungewisser Bahn mit ungewissem Ziel, aber die Technik verbesserte sich doch täglich. Und das Talent – nun, das stand ja sowieso außer allem Zweifel.

In der zweiten Woche wurde dann zu Tagesausflügen in die weitere Umgebung übergegangen, aber abends wurde pünktlich in die Weiden zurückgekehrt. Langsam schien ihnen nun auch beigebracht zu werden, daß man auf dieser schönen Welt nicht auf Zeit und Ewigkeit von seinen Eltern ernährt wird, sondern daß im Falle Schwalbe die diesbezügliche Nahrung in der Luft herumfliegt und man in der fünften Woche seines Lebens dazu übergehen kann, selbst für seinen Unterhalt zu sorgen. Denn – und das stand außer Frage – das Interesse der beiden Eltern wendete sich langsam von ihren Sprößlingen ab und anderen Dingen zu.

Unser Schwälber war zweifellos drauf und dran, sich zum zweitenmal in seine hübsche, sanfte Frau zu verlieben. Seine Gesänge wurden feuriger, sein Sinn stand wieder mehr nach Häuslichkeit, und er begann Propaganda dafür zu treiben, daß man das schöne große Nest, das sich so gut bewährt hatte, ruhig noch ein zweites Mal benutzen könnte.

Seine Frau hörte die Liebeslieder nicht ungern. Sie begab sich auch ein paarmal zur Probe ins Nest, aber ihr ausgesprochener Lieblingsplatz war neuerdings das kleine Brettchen, das mein Mann über die Ateliertür genagelt hatte. Und eines Tages erschien sie mit einem Hälmchen und legte es umständlich und wichtig auf das Brettchen nieder.

Wir waren baß erstaunt. Wollte sie etwa noch ein Nest bauen?

Tatsächlich, sie wollte.

Ihr Mann zeigte zunächst keinerlei Neigung, sich nochmals mit der Plage des Bauens abzugeben, er versuchte sie immer wieder zu überzeugen, daß das alte Nest allen Ansprüchen genüge. Aber sie hatte sich nun mal einen Neubau in den Kopf gesetzt, und mit der Beharrlichkeit, die sanften Gemütern manchmal eigen ist, setzte sie ihren Willen durch. Es wurde mit dem Bau eines zweiten Nestes begonnen.

Dies geschah Mitte Juli. Da schlug das Wetter um. Es gab einen richtigen Wettersturz, wie er eigentlich irgendwann in jedem Sommer einmal im Gebirge vorkommt. Es regnete, wurde empfindlich kalt, und wenn sich die Wolken einmal etwas höher schoben, sah man, daß die Berge weiße Spitzen hatten.

Für die Schwalben sind das schlimme Zeiten. Bald fliegen keine Insekten mehr, die letzten werden noch knapp über den Wassern der Flußläufe erjagt, dann hört auch dies auf, und man sitzt niedergeschlagen, hungrig und frierend zu Hause.

Für die Kleinen in den Weiden wurde es besonders bitter, und ich glaube, es war der pfiffige Fliaga, der als erster auf den Gedanken kam, einmal nachzusehen, wo eigentlich die Herren Eltern diese unfreundlichen Zeiten verbrachten. Jedenfalls stellte sich eines Abends ein Junges mit den beiden Alten ein, sehr zum Verdruß des Vaters. Er wollte es nicht leiden, daß seine Flitterwochen so gestört wurden, er biß das kleine Ding dreimal hinaus. Es kam jedesmal mutig wieder herein. Zum vierten Hinauswurf wurde es zu dunkel. Es blieb, und obwohl der Vater laut schimpfte und immer wieder lieblos nach ihm hackte, kuschelte es sich eng an seine Mama und hatte gesiegt.

Am nächsten Abend wiederholten sich die bösen Szenen. Das Kind brachte es wiederum fertig dazubleiben.

Sicher dachte es: Lieber jetzt ein bißchen gehackt werden als die ganze lange Nacht in Regen und Kälte sitzen.

Am dritten Abend brachte es die Geschwister mit.

Es ging wild zu im Küchenflur. Erbitterte Kämpfe wurden ausgetragen. Die Federn flogen. Jedoch der Vater kam gegen seine vereinigten fünf nicht auf, sie eroberten ihren Platz bei der Mutter auf dem neubegonnenen Nest.

Warum sie nicht auf das bewährte Ofenrohr oder zum alten Nest zurückgingen, ist mir unklar.

Da saßen sie nun alle fünf, und ich konnte sie mir nach der Trennung wieder einmal mit Muße aus nächster Nähe besehen. Sie waren inzwischen ganz erheblich gewachsen, groß, kräftig, laut – richtige Flegel. Sie besaßen sogar die Dreistigkeit, ihre Eltern um Futter anzuschreien. So viel Ungezogenheit war selbst der Mama zuviel, da wurde auch sie energisch und verbat sich die Anpöbeleien.

Endlich wurde das Wetter wieder besser. Die Streitsucht ließ nach, die kleine Bande konnte sich wieder draußen tummeln, anstatt ihren Eltern lästig zu fallen. Der Nestbau konnte wiederaufgenommen werden.

Schließlich war es soweit. Das Nest war vollendet. Aber es war mittlerweile schon August geworden, und es wurde ein häßlicher August. Frau Schwälbchen brütete wieder und saß Tage und Wochen voll Hingebung auf den Eiern, ihr Mann, musterhaft und ritterlich, ließ sie nicht allein.

Eines Morgens lagen wieder die Eierschalen auf dem Fußboden.

Da kam das Unglück. Die vier Kleinen starben am nächsten Tag, und die Mutter warf sie zum Nest hinaus.

Die Wochen waren wohl doch zu kalt gewesen, zu lang die Pausen, in denen die Eier auf der Suche nach dem nötigen Futter verlassen werden mußten.

Vielleicht war es sogar am besten so, denn die Zeit zur Aufzucht der Jungen wäre sicher zu kurz geworden. Und was wäre dann das Ende gewesen? Vermutlich eine noch größere Tragödie.

Die Eltern waren zunächst wirklich traurig und sichtlich aus dem Gleis geworfen. Es geschah noch des öfteren, daß der Vater mit einem Schnabelvoll Futter erschien und sich erst auf dem leeren Nest daran erinnerte, daß da ja keine Kleinen mehr zu betreuen waren.

Erst nach ein paar Tagen vergaßen sie ihren Kummer. Es

kam auch bald genug Ablenkung, denn schon wurden immer größere Versammlungen auf den Drähten abgehalten und gemeinsame Flugmanöver unternommen. Es herbstelte mit Macht.

In den ersten Septembertagen hatten wir nochmals die ganze Familie zusammen. Die Kleinen kamen wieder zum Übernachten mit. Aber diesmal ging es friedlich zu, sie benahmen sich artig, vernünftig und gesittet. Es war wohl das große Ereignis des Abfluges, das seine Schatten vorauswarf. Sie schienen begriffen zu haben, daß nun keine Dummheiten und Flegeleien mehr am Platze waren und daß man zu den Erwachsenen zählte, wenn man auf die weite Reise mitgenommen wurde.

Uns wurde recht wehmütig zumute angesichts unserer kleinen Schwalbenfamilie, die im Begriff stand, uns zu verlassen. Da saßen sie noch alle, geliebt und vertraut; ein paar Sommermonate hatte sich ihr Schicksal mit unserem Leben verbunden, und nun zogen sie fort, heute, morgen oder übermorgen, fremde Wesen mit fremden Gesetzen.

Man wird sehr besinnlich in solchen Tagen, blickt zurück, schaut voraus. Die während eines Sommers so gern vergessene Zeit meldet sich wieder. Auch die Schwälbchen sind nicht froh. Ist es nur das Wetter, das sie bedrückt, die kürzer werdenden Tage, die Unruhe, zum gemeinsamen Abflug zur Stelle zu sein? Schieben wir ihnen zu Unrecht menschliche Empfindungen unter, wenn wir glauben, daß sie – vielleicht – der Abschied von hier, vom Nest, also doch wohl von ihrer Heimat, schmerzt? Schwer zu sagen. Die Nüchternen und Vernünftigen werden es entschieden und sehr sicher verneinen, die Sentimentalen werden Sympathien für diese Gedankengänge haben. Und ich – nun, ich bin im Dezember geboren und kann es mir leisten, hier ein bißchen zuviel Gefühl zu haben.

An der einen Tatsache können in jedem Fall die einen und die anderen nichts ändern: am 8. September verschwanden meine Schwalben, zogen in unbekannte Fernen. Zurück blieb die Geschichte des Sommers und zwei Nester als Hoffnung für das nächste Jahr.

Mit wilden Stürmen kam der Herbst vom Hohen Göll herunter, trieb das braune Laub vor sich her, deckte die Schindeln von den Dächern und heulte durch das Tal. Wie ein hundertfach erprobter Kämpe stand unser mächtiger Tannenbaum in der Schlacht. Der Sturm sprang ihn an, diesen einsamen Riesen, fuhr ihm in die Wipfel, daß er stöhnte, bog und schüttelte ihn, streute Äste und Tannenzapfen weit über die Wiese. Er hielt stand. Krachend brach der alte Apfelbaum zusammen und mit ihm die Niststätte vieler Generationen Kohlmeisen.

Das war ein Problem, über das nachgedacht werden mußte. Wir konnten doch unsere Meisen nicht so einfach heimatlos werden lassen. Als Endergebnis dieses Überlegens kam dann eines Tages eine Sendung »Nisthöhlen für Meisen und so weiter« an. Sie wurden, nachdem wir die beigefügten Anleitungen und Ratschläge in uns aufgenommen hatten, nach bestem Wissen und Gewissen auf dem Grundstück verteilt. Am Nußbaum, am Kirschbaum am Bach, an einem Pflaumenbäumchen hinterm Gemüsegarten, am Holzhaus. Und dann warteten wir voll Spannung, was sich da nun im Frühjahr entwickeln würde.

Aber damit hatte es vorläufig noch gute Weile. Zunächst mußte einmal wieder ein Winter überstanden werden. Unsere daheim gebliebenen Vögel zogen in den Bergwerkstadel, der ein wahrer Segen für sie alle ist. Dort finden sie Schutz vor Regen und Schnee – und ernähren, ja, ernähren müssen wir sie, und auch die Bauern ringsum tun ein übriges.

Dieses Jahr wurde unsere kleine Privattierschau am Fenster sogar noch reichhaltiger. Als neue Gäste stellten sich ein

Eichhörnchen, so ein richtiger schwarzer Kobold, und eine kleine braune Maus ein.

Nun waren wir zwar im allgemeinen auf Mäuse nicht gut zu sprechen, nachdem eine die Frackhose meines Mannes angefressen hatte und der Kampf gegen die Wühlmäuse jeden Sommer aufs neue erbittert geführt werden mußte, wenn wir etwas im Gemüsegarten ernten wollten. Vom traurigen Ende meiner Hyazinthenzwiebeln, weißen Lilien und Gladiolen ganz zu schweigen.

Wir hatten es sogar durch langjährige Übung zu einer gewissen Virtuosität im Fallenstellen gebracht, und an dieser Stelle muß unbedingt der Hund Butzi auch einmal wieder, und zwar lobend, erwähnt werden, denn er fing die Wühlmäuse mit Eifer und Passion, ein Sport, der viel Geduld und Schläue erfordert. Daß er sie dann zum Entsetzen meiner Mutter apportierte und mit Wonne verspeiste, wäre zwar nicht unbedingt nötig gewesen, aber das gehörte seiner Ansicht nach nun einmal dazu.

Die kleine Haselmaus auf dem Fensterbrett behielt also ihr Leben. Wie hätten wir sie auch fangen sollen, ohne die Vögel zu gefährden! Sie blieb in unserem organisierten Mäusemord die berühmte einzige Ausnahme, die die Regel bestätigt. Sie blieb sozusagen eine witzige Pointe in dem kleinen Kulturfilm in natura, der täglich bei uns ablief. Denn es war doch wirklich recht belustigend, wenn sich der Eichkater, Herr Amsel, die kleine Maus und ein Meischen bei der Mahlzeit trafen. In unserer winterlichen Einsamkeit in dem abgeschlossenen Tal, wo man sowieso nach Ansicht unserer städtischen Freunde in diesen Monaten vor Langweile umkommen müßte, wenn das Schilaufen nicht wäre, lernten wir solche kleinen, freundlichen Geschehnisse schätzen.

Und was fraßen diese vier ungleichen Gesellen?

Das Eichhörnchen die Nüsse? Weit gefehlt! Semmelbrösel!

Das Kohlmeischen? Nun, die Nüsse!

Die Maus nahm die Sonnenblumenkerne, die eigentlich für die Meisen da waren, und Herr Amsel alles, was vor ihn kam, besonders gern aber das Fett, das wiederum der Maus zugedacht war. Eine verkehrte Welt, aber – und das war schließlich die Hauptsache – den Beteiligten schmeckte es. Sie kamen alle gut durch den Winter. Fast zu gut, könnte man sagen, denn daß Herr Amsel an einem bitterkalten Februarabend den dick beschneiten Tannenbaum bestieg und sein erstes Frühlingslied versuchte, war zwar für unsere wintermüden Herzen trostreich, und wir dankten es ihm – aber es war halt doch wirklich zuviel Optimismus und durchaus verfrüht.

Als noch weit größere Idealisten entwickelten sich Buchfinkens. Sie waren ein reizendes Pärchen, er ein ausgesprochen schöner Kerl, so farbig, daß er fast dem Dompfaffen Konkurrenz machte, sie äußerst zart und fein. Sie waren so verliebt, daß sie bereits im März mit dem Bau eines Nestes begannen, das ein wahres Musterbeispiel für jugendlichen Leichtsinn und junges Glück war. Es thronte auf einem Tannenast und hatte eine wunderbare Aussicht über den Garten und die Wiesen. Es war eine entzückende Sache für Flitterwochen und schönes Wetter, aber es war ein geradezu sträfliches Unternehmen, wenn man darin Kinder großziehen wollte. Und das war ja der Zweck der Übung.

Das Unglück ließ denn auch nicht lange auf sich warten. Als Frau Buchfink auf den Eierchen saß, kam ein starker Schneefall. Ein, zwei Tage hielt sie heldenhaft aus, dann war es mit ihrer Kraft vorbei. Sie mußte das Nest verlassen, wenn sie das eigene Leben retten wollte. Kaum wurde das Wetter besser, begannen die beiden im Nußbaum ein neues Nest zu bauen. Wieder eine leichtsinnige Angelegenheit, jeder Raubvogel konnte ihnen hineinsehen. Die einzige Hoffnung war, daß der Nußbaum schon genügend Laub hatte, bis die Kinder auf der Welt waren.

Da traf sie zum zweitenmal das Schicksal. Ein Eichhörnchen raubte in einem unbewachten Augenblick die Eier und beschädigte das schöne Nest. Es war ein richtiges kleines Kunstwerk, wunderbar gewirkt aus Moos, Flechten, Hundehaaren und allen Handarbeitsfäden, die im Laufe des Jahres im Garten verloren worden waren. Der Schlag traf Buchfinkens schwer. Betrübt saßen sie auf dem Nußbaum, alle Munterkeit war dahin. Schließlich raffte sich die kleine Frau Buchfink wieder auf, und sie tat etwas ganz Erstaunliches. Sie montierte das Nest, Moos für Moos, Hälmchen für Hälmchen und Fädchen für Fädchen, ab und baute es am Bach in einem Ahornbaum neu auf.

Dort endlich hatten sie Glück. Wunderbarerweise holten die Raben die Jungen nicht. Sie wurden groß, und die Eltern zogen stolz mit ihnen im Garten herum.

Und unsere Vogelkästen? Was war aus ihnen geworden?

Sie fanden großen Anklang.

Die Kohlmeisen, denen ja nichts entgeht, nahmen sofort, als

die Kästen aufgehängt waren, davon Kenntnis. Und als der Winter zu Ende ging, sich die Pärchen zusammenfanden und ihr verliebtes Getue in allen Büschen und Bäumen trieben, da begannen die Besichtigungsfahrten zu zweit.

Ein Sumpfmeisenpärchen entschied sich kurz entschlossen für den Kasten am Pflaumenbäumchen und verteidigte ihn mit viel Gezeter gegen alle weiteren Interessenten. Wir freuten uns darüber. Kleine Sumpfmeisen, das mußte ja etwas überaus Putziges sein, nachdem die Eltern schon so winzig waren! Sie hatten bisher noch nicht bei uns genistet, sondern waren nur unsere Wintergäste gewesen.

Das obdachlos gewordene Kohlmeisenpaar aus dem Apfelbaum entschied sich für den Nußbaum. Er, Herr Kohlmeischen, machte uns ganz besonderen Spaß. Er erklärte jedem gegenüber den Nußbaum als sein persönliches Eigentum. Wehe, wenn ein anderer Vogel wagte, sich auch einmal dort niederzulassen oder gar in den Nistkasten zu schauen! Er wurde mit wütendem Geschnatter vertrieben.

Der Kleiber, der ab und zu einmal die Rinde des Nußbaums genau untersuchte, war besonders unbeliebt. Aber er machte sich wenig daraus, er hatte ja, wenn es nötig sein sollte, den bei weitem kräftigeren Schnabel.

Herr Kohlmeischen hielt sich eigentlich den ganzen Tag auf diesem Baum oder in dessen nächster Nähe auf. Er saß im Bewußtsein seines alleinigen Rechtes darauf und piepte die zwei oder drei ebenso vergnügten wie naiven Töne, die sein ganzes Lied ausmachen, so stolz, daß wir ihn nur noch »den Besitzer« nannten.

Aber dann geschah wieder etwas gänzlich Verblüffendes und Ungeahntes. Der Besitzer und Gattin bauten ihr Nest nicht etwa in den Kasten am Nußbaum, sondern in den am Holzhaus, hielten aber ihren Anspruch auf den im Nußbaum trotzdem aufrecht und verjagten jeden anderen Vogel, der ihn übernehmen wollte. Und für die zweite Brut bauten sie dann dort ihr Nest.

Nach und nach fanden sich auch die Auswanderer alle wieder ein. Bachstelzens und Rotschwänzchens kehrten zu den altgewohnten Plätzen zurück, und in den ersten Tagen des Mai erschien auch zu unserem Leidwesen der Würger wieder.

Aber auch ein Neuling hatte sich in den Büschen und Bäumen am Bach niedergelassen. Allerdings gelang es uns zunächst nicht, ihn zu erblicken – wir hörten ihn nur.

Eine Grasmücke sang ihre wunderbaren Lieder.

Gibt es etwas Schöneres als einen Maimorgen?

Strahlend steht die Sonne am Himmel, die Wiesen glitzern im Tau, die vielen Frühlingsblumen gehen auf und lachen in allen Farben, Weiß, Gelb, Rosa, Hellblau. Die Ahornbäume wippen mit ihren hellen Büscheln in den Wäldern, die Birken tanzen, und in der Ferne ruft der Kuckuck. Der Bach rauscht und sprudelt und bringt das letzte Schmelzwasser von den Bergen. Um alle Bauernhäuser blühen die Obstbäume, die Vögel sind fröhlich und guter Dinge, und über allem schwebt süß und wunderbar das Lied einer Grasmücke.

In diesen festlichen Tagen kommen die Schwalben an, und wie immer ist es, als wenn erst mit ihrer Ankunft der Frühling auch wirklich seinen Einzug hielte.

Und was war mit unserem Schwalbenpaar?

Wieder warteten wir.

Lebte unser Schwälber noch? Würde er auch diesen vierten Sommer bei uns verbringen? Mit seiner Frau zusammen?

Unsere Geduld wurde wieder einmal auf eine harte Probe gestellt. Der Himmel war schon voller Schwalben, aber unser Freund war noch nicht dabei.

Endlich, über eine Woche später, erschien er, der Nachzügler. Die Begrüßung war stürmisch wie immer. Doch kaum war sie vorbei und festgestellt, daß bei uns noch alles beim alten und die beiden Nester unversehrt waren, da mußte er eilends auf die Suche nach einer Braut gehen, denn seine Frau vom vorigen Jahr war nicht wieder mitgekommen.

Er mußte sich geradezu in die Schlacht stürzen, denn er hatte durch seine verspätete Ankunft schon fast den Anschluß verpaßt. Aber immerhin, dieses Jahr hatte er ja etwas zu bieten: eine Heimstätte mit zwei Nestern. Da konnte er schon in den Wettstreit um eine Frau eintreten.

Und es dauerte tatsächlich nicht lange, da hatte er eine erobert, ein süßes junges Ding, das sich seine wilden Liebesgesänge anhörte und unter seiner Führung unser Haus besichtigte. Er war großartig, er protzte geradezu.

Und sie?

Sie war eine ganz Feine! Die Nester im Küchenflur – schön und gut, sie mochten wohl ganz praktisch sein – aber zum Aufenthalt für die erste Zeit fand sie doch die kleine Diele geeigneter. Der Lampenschirm dort hatte es ihr angetan. Sie sah allerdings auch reizend darauf aus. Der duftige weiße Stoff mit den orangefarbenen Streifen stand ihr ausgezeichnet. Oh, sie war durchaus nicht frei von Koketterie, diese kleine Person!

Dem Lampenschirm bekam dieser Scherz zwar weniger, und auch für den Teppich darunter war es nicht ganz das Richtige, aber schließlich konnte man diese Dinge wieder waschen, und einer jungen, hübschen Frau mußte man in den ersten glücklichen Tagen ihrer Ehe schon ein bißchen was zugute halten.

Sogar unser alter Schwälber schien dieser Ansicht zu sein. Er stand ganz unter dem Pantoffel. Er bildete sich mächtig was ein auf seine blutjunge Frau, dieser alte Narr. Er gab – man sollte es nicht für möglich halten – seinen angestammten Platz auf der Ateliertür auf und zog zum Übernachten mit auf die Diele, so restlos verliebt war er.

Bald tauchte aber auch schon das erste Problem auf. Welches Nest sollte gewählt werden? Das war anscheinend eine sehr schwierige Frage. Nach langem Nachdenken entschied sich die junge Frau für das auf dem Ofenrohr.

Sie probierte es gründlich und umständlich aus. Es paßte ihr, doch ihren Ansprüchen an Schönheit und Vornehmheit genügte es keineswegs. Sie schleppte weiße Federchen herbei, nur weiße, zarte, flaumige Federchen. Weiß der Himmel, wo sie die auftrieb! Damit wurde das Nest gepolstert und in eine geradezu luxuriöse und ein bißchen affige Kinderwiege verwandelt, ungefähr so wie der Zimmerwagen einer etwas eitlen Mutter, die ihr erstes Baby erwartet. Es war wirklich ein kleines Kunstwerk, was sie da fertigbrachte. Entzückt betrachtete sie es, und ihr Gatte staunte. Aber er fand ja sowieso bedingungslos alles gut und schön, was seine hübsche Frau trieb.

Doch nun war es erst einmal vorbei mit Scherzen und galanten Tändeleien. Der Ernst des Lebens trat heran, Eierchen wurden gelegt, und es wurde gebrütet.

Die kleine Schwälbin nahm es sehr wichtig. Nur ganz selten verließ sie das Nest einmal für ein paar Minuten. Nach nicht ganz drei Wochen waren sechs Kinderchen da.

»Ein bißchen reichlich, dieser Segen«, meinte mein Mann, und damit hatte er recht, denn diese sechs zu ernähren, das war schon eine Aufgabe. Da hieß es sich tummeln von früh bis spät, da gab es keine Ruhepausen. Sechs offene Schnäbel, da hörte jeder Anspruch auf persönliche Bequemlichkeit auf.

Aber sie schafften es, die beiden. Die Kinder wurden satt und groß, wurden gut erzogen und hatten darüber hinaus die zärtlichste und liebevollste Mutter. Sie war längst nicht so energisch mit ihnen wie die vom vorigen Jahr, aber sie kam auch so zum Ziel.

Es war eine sehr einige und friedliche Familie. Zwar herrschte in dem Nest eine wahrhaft »qualvoll-fürchterliche Enge«, aber irgendwie ging es besser mit dem Platz als im Vorjahr. Die Technik des Neben- und Hintereinandersitzens war wohl in irgendeiner Weise ausgeklügelter, denn keiner wurde sichtlich benachteiligt. Die Vorderplätze wechselten ständig, es herrschte Zucht und Ordnung unter der kleinen Schar. Diesmal war auch kein so krasser Egoist wie der Dickkopf dabei, jener faule, gefräßige Bursche.

Fünf waren so ziemlich gleich und eigentlich nicht zu unterscheiden. Aber Nummer sechs war schon ein recht gelungenes Persönchen. Es bekam den Namen Tuttelchen. Es wirkte kleiner als seine Geschwister und auf eine besondere Weise hilfe- und schutzbedürftig. Es hatte eine ganz komische Art, den Kopf zwischen die Schultern zu ziehen und geradezu mitleiderregend auszusehen. Dabei war es keineswegs krank oder verhungert. Nein, es war eben ein Tuttelchen.

Der Start der sechs war schwierig. Die Eltern machten es ihnen wunderschön vor, wie man vom Nest zum Beispiel auf den Schrank, die Tür oder gleich hinaus durch die Veranda fliegen könnte. Sie machten das sehr anschaulich, indem sie genauso etwas unbeholfen flatterten, wie kleine Schwalben es zunächst tun, aber es dauerte recht lange, bis sich die Kleinen ein Herz faßten und es versuchten. Das im vorigen Jahr so belebende Element, der Fliaga, fehlte, keines hatte seinen kessen Unternehmungsgeist.

Sie landeten überall und nirgends. Eins verflog sich in die Küche, eins blieb im Sonnenvorhang der Veranda hängen, zwei saßen dort stundenlang auf den Korbsesseln, und wir mußten deshalb unser Mittagessen ins Zimmer verlegen. Eins war auf einem Bild in der Diele gelandet und das letzte überhaupt spurlos verschwunden.

Das Durcheinander war vollkommen, und ich hatte alle Hände voll zu tun, um rettend einzugreifen. Am Nachmittag saßen sie aber doch schließlich alle erst auf dem Dachkändel und dann im Nußbaum, hatten den ersten Schrecken vor der neuen, hellen Welt überwunden, ließen sich von der Sonne bescheinen und bewegten ihre wirklich geplagten Eltern, während wir eine Art Hausputz hielten – es war weiß Gott nötig –, denn wir waren die Gesellschaft ja nun los.

So dachten wir wenigstens, hatten wir doch die Erfahrungen vom Vorjahr, waren alte, gewitzte Schwalbenzüchter.

Es kam ganz anders. Wir wußten gar nichts. Am Abend kam die Mama mit ihren sechs Kindern zur vorderen Haustür herein in die Diele geflattert und versuchte, sie auf ihrer geliebten Lampe unterzubringen.

Da verließ mich zum ersten- und – ich muß es zu meiner Entschuldigung sagen – auch zum letztenmal die Fassung. Ich jagte sie hinaus!

Ich war gerade dabei, das Abendbrot für uns und unsere Gäste zu richten, der große Geschirrschrank steht auf der Diele, Leute kamen und gingen – ich konnte dort keine achtköpfige Schwalbenfamilie mit allem Drum und Dran gebrauchen. Ich nannte meinen Schwälber einen Dussel, und er solle seine Kinder nach der altbewährten Methode in die Weiden bringen. Oder waren die in diesem Jahr etwas Feineres als die letzten? Sechs Kinder in der Diele, nein, das ging zu weit, das hieß Schindluder mit meiner Gutmütigkeit treiben.

Es war ein richtiger Aufstand.

Schließlich waren sie alle wieder draußen und in den Nußbaum verfrachtet worden, wie ich später feststellte, als ich sie, bereits etwas reuevoll, suchen ging.

Im Hause übernachtete an diesem Abend nur der Schwälber, die Mutter war bei ihren Kindern geblieben.

Der nächste Tag wurde einer der aufregendsten in unserer ganzen Schwalbenwelt. Er brachte das erschütternde Erlebnis, wie eine kleine Schwalbenmutter bis fast zur Selbstaufopferung, bis zur Hergabe ihrer letzten Kräfte ihre Kinder rettete.

Es war ein sehr heißer Tag im Juni. Wochenlang hatte es nicht mehr richtig geregnet. Unsere Schwalbeneltern hatten am frühen Morgen mit den Kindern den Garten verlassen und, schon am zweiten Tag des Ausfliegens, eine Landpartie mit ihnen unternommen.

Da zogen gegen fünf Uhr, mit einer Plötzlichkeit, wie es nur in den Bergen möglich ist, von allen Seiten schwere Wetter auf. Schon war die Sonne verschwunden, schwarze und schwefelgelbe Wolken fielen über die Berge herein. und die Vögel suchten eilig irgendwo Schutz. Der erste Windstoß fuhr in den Tannenbaum. Der erste Blitz – der erste Donnerschlag – dicke Regentropfen fielen. Ich wollte gerade noch die Haustür schließen – da kamen unsere Schwalben an. Die Kleinen bereits gänzlich verstört, aufgeregt durcheinanderflatternd. Die Eltern angstvoll bemüht, sie zur Tür herein in das schützende Haus zu bringen. Schon hatten sie glücklich vier auf den Lampenschirm gelotst und rasten noch einmal hinaus, um die beiden letzten, die den Eingang verfehlt hatten, zu holen, da krachte ein fürchterlicher Donnerschlag. Die vier flogen in ihrer kopflosen Angst wieder zur Tür hinaus, durch die eben die anderen hereinkommen sollten. Ein allgemeines Chaos: Blitze, Donner, Hagel, Sturm. Einen Augenblick saß eins draußen auf dem Treppengeländer. Ich wollte es greifen. Es sah mich und flog wieder auf, wurde vom Sturm erfaßt und verschwand wie die anderen in Hagel und Orkan. Das Wasser strömte zur Diele herein. Ich ließ die Tür offen, in der Hoffnung, daß das eine oder andere vielleicht doch hereinfände.

Nichts! Qualvolle Minuten. Dann erschienen die Eltern, allein, halb tot, zerschlagen, naß. Laut jammernd und klagend, wie ich es noch nie von Schwalben gehört hatte und auch nie wieder hörte, saßen sie auf der Lampe. Draußen raste das Unwetter. Wo waren die Kleinen? Tot? Zu Boden geschlagen? Konnte es überhaupt möglich sein, daß eins mit dem Leben davonkam, daß so ein zartes kleines Wesen, drei Wochen alt, das im warmen Haus gut und beschützt aufgewachsen war, solch eine Katastrophe überstand? Ein Wetter überlebte, in das sich kein Mensch mehr hinauswagte?

Als es ein bißchen nachließ, flogen die beiden Alten sofort, erschöpft und zerzaust, wie sie waren, wieder hinaus. Lange waren sie verschwunden.

Allmählich wurde der Regen schwächer, aber es war bitter kalt geworden, und schon brach die Dunkelheit herein.

Da kamen die beiden wieder, nur etwa einen Meter über dem Boden flatternd – und mit ihnen zwei Kleine. Glücklich brachten sie die Kinder durch die Tür, die ich schnell hinter ihnen schloß, damit sie nicht etwa wieder hinausgerieten, und nach einigem Hin und Her saßen sie tatsächlich auf der Lampe. Aber wie sahen sie aus! Naß, schmutzig, zerrupft, zum Gotterbarmen. Zitternd kuschelten sie sich aneinander, und die Eltern redeten beruhigend auf sie ein.

Aber was nun?

Die beiden Kleinen allein lassen und die anderen suchen, konnten sie das wagen? Flogen die verängstigten Kinder dann nicht wieder hinaus?

Wie schmerzlich ist es in solchen Augenblicken, daß keine Verständigungsmöglichkeit zwischen einem Menschen und einem kleinen Vogel besteht.

»Geht nur, geht nur«, sagte ich immer wieder zu ihnen, »sucht die anderen, ich passe auf die beiden auf, ich lasse sie nicht wieder hinaus.«

Ich stand ganz nahe bei ihnen. Sie sahen mich aufmerksam an. Verstanden sie doch irgendwie, daß ich es gut mit ihnen meinte, ihnen helfen wollte? Sie flogen auf, ich öffnete die Tür und schloß sie wieder hinter ihnen.

Mein Mann ging auch hinaus auf die Suche, konnte aber nichts entdecken.

Die beiden Kleinen piepten leise und ängstlich, blieben aber sitzen, und ich konnte es wagen, die Tür zu einem Spalt zu öffnen, um die Eltern zu erspähen, wenn sie wiederkamen.

Und so brachten sie nacheinander noch drei Kinder, halbtote, verängstigte Kinder, die mit ihren letzten Kräften knapp über der Erde einhertaumelten, und setzten sie alle eng nebeneinander auf die Lampe, damit sie sich gegenseitig wieder erwärmten.

Fünf waren nun also wieder da, hatten unbegreiflicherweise die Katastrophe überstanden, waren von den Eltern wiedergefunden und unter unendlichen Mühen hereingebracht worden. Nur eins fehlte! Die Eltern schienen nicht mehr hinauszuwollen, konnten wohl auch nicht mehr, waren am Ende und saßen gänzlich erschöpft auf dem »Palm«, der in einer Ecke am Fenster steckt.

Es war schon halb acht Uhr, als Frau Schwälbchen sich noch einmal aufraffte. Schwankend flog sie hinaus. Eine Viertelstunde verging. Es wurde Nacht. Sie war nirgends zu sehen. Da endlich kam sie mit dem letzten! Es konnte kaum fliegen. Sie brachte es herein. Bis zur Lampe reichte seine Kraft nicht, auf dem Fußboden blieb es sitzen. Sie ließ ihm Zeit. Dann lockte sie es auf einen Stuhl, weiter aufs Fensterbrett, auf den Palm, immer ein bißchen höher, und zuletzt – das Licht brannte schon – auf den Lampenschirm zu den anderen.

War das eine Freude! Es war, als ob alle ihren Kummer vergäßen, alle piepten und schwätzten durcheinander. Sie waren naß, zitterten, froren, hatten sicher Hunger, aber sie lebten, keines fehlte, sie waren wieder zu Hause.

»Ihr dürft jeden Abend kommen«, sagte ich, »ihr dürft jetzt immer hierbleiben, ich jage euch nie mehr hinaus wie gestern.«

Und dann schliefen alle, die Köpfchen zwischen den Flügeln, sicher und behütet nach Gefahr und Todesnot.

Sie schliefen bis weit in den Vormittag hinein, aber dann

waren sie wieder gesund und munter wie je, putzten sich, bis sie wieder hübsche, adrette Schwälbchen waren, und die Eltern brachten das Futter. Dann ging es gemeinsam fort. Das Wetter war wieder so strahlend, als ob es nie ein böses Gestern gegeben hätte.

Den ganzen Tag waren sie fort, aber jeden Abend kamen sie mit großem Hallo gemeinsam an. Die Kleinen saßen auf der Lampe – sie bekamen eine Zeitung untergelegt, es war halb so schlimm –, und die Eltern saßen auf ihrem neuen Platz, dem Palm in der Ecke.

Der hatte somit eine feine Verwendung gefunden.

Mit dem Palm, das ist nämlich so: Ein paar Wochen vor Ostern erscheinen nacheinander die kleinen Buben aus der Nachbarschaft. »Frau Thomé, darf i heuer an Palm tragn?« Nun, er darf, und ein zweiter darf – und wenn ein dritter kommt, so darf er auch noch.

Am Palmsonntag in der Früh wandeln dann ganze Wälder bunter Palms – das sind große Gebinde aus Ästen mit Palmkätzchen, wunderschön geschmückt mit farbigen Hobelspänen, Buchsbaumsträußchen und mit Lebensbaumzweigen – in die Kirche, um dort »geweicht« zu werden. Sie sind meist viel größer als die kleinen Buben, die sie tragen, und die kleinen Burschen sind mächtig stolz darauf und haben ihren feinsten Anzug an: blütenweiße Strümpfe, die kurze schwarze, grünbestickte Lederhose, ein weißes Hemd, die graue Lodenjoppe und den runden Berchtesgadener Hut. Und nach der Kirche geht's erst mit dem Vater ins Wirtshaus zum Würstelessen. Würstel sind nämlich die Wonne aller Kinder. Aber dann erscheinen sie im Galopp – denn nun plagt sie die Erwartung – und liefern den angekündigten Palm ab. Jetzt kommt die Hauptsache: die Ostereier, die sie dafür zu beanspruchen haben. Ja, und in puncto Ostereier habe ich einen guten Ruf, denn bei mir gibt's nicht nur »färbige«, das heißt bunte Hühnereier, sondern in erster Linie gefüllte Schokoladeneier und Zuckerhasen und ähnliche Köstlichkeiten. Meine Palmträger sind zufrieden mit dem Handel, und ich bin auch befriedigt und stecke einen Palm in den Gemüsegarten, »daß es besser wachst«, und die anderen bringe ich im Hause unter. So kann der Segen wohl nicht ausbleiben, und außerdem sehen sie reizend aus.

Es war also nicht verwunderlich, daß diese Frau Schwälbchen mit dem Schönheitssinn an dem geschmückten Palm Gefallen fand, sich keineswegs vor seinen bunten Spanbändern graulte und sich auch dadurch nicht stören ließ, daß er verhältnismäßig niedrig neben einer Zimmertür steckte. Sie fand ihn sehr schön, zu uns hatte sie jedwedes Zutrauen, und ihr guter Mann tat ihr ohne weiteres den Gefallen und zog mit auf den Palm.

Fast drei Wochen vergingen, glückliche, warme und sonnige Wochen. Die Kinderschar entwickelte sich prächtig, keins kam abhanden. Es waren so richtige Geschwisterchen, und abends auf der Lampe war dann immer noch ein großes Geschwätz und Getuschel über die Erlebnisse des Tages.

Nur das Tuttelchen stellte ab und zu etwas an und mußte gerettet werden. Es verflog sich mit Vorliebe in die Zimmer und fand den Weg hinaus nicht mehr. Dann mußte ich in Tätigkeit treten. Wir – nämlich Tuttelchen und ich – hatten bald ein großartiges System erfunden. Ich stellte mich ganz einfach mitten ins Zimmer und hob die Arme hoch. Das herumirrende Tuttelchen setzte sich dann höchst begabt auf meine Hände, und ich trug es entweder wieder zu den anderen auf die Diele oder ins Freie, je nachdem, wohin es gerade gehörte. Es war wirklich ein erstaunliches kleines Wesen! Manchmal hatte ich es fast in Verdacht, daß seine ganze Hilflosigkeit keineswegs nur Torheit war. So hatte es zum Beispiel abends auf der Lampe nie einen Eckplatz – Eckplätze waren unbeliebt, denn da fror man ja auf einer Seite –, es saß immer hübsch in der Mitte und zog die Schultern ein, so daß auch der Kopf noch schön von den Nebenmännern gewärmt wurde. Gab es einmal ein Gewitter, war Tuttelchen bestimmt zuerst daheim. War es morgens kühl, flog Tuttelchen später hinaus. Nein, es war bestimmt nicht töricht. Es ging ihm, bei näherer Betrachtung, sogar ausgesprochen gut bei seiner Einstellung zum Leben.

Gegen Ende der dritten Woche wurde die Familie langsam kleiner. Eins nach dem anderen von den Jungen blieb aus. Sie waren nun sechs Wochen alt, selbständig, erwachsen, und schlossen sich wohl mit den anderen Jungschwalben des Tals zu Kameradschaften zusammen.

In diesem Sommer gab es ungeheuer viele Schwalben, es wimmelte nur so. Im Frühling waren schon viele angekommen, und bei der ersten Brut hatten sie Glück mit dem Wetter gehabt. Bei der Wärme gab es reichliche Nahrung.

An einem benachbarten Bauernhaus waren allein zwei Dutzend Nester der Mehlschwalben, die an das Holzwerk der Giebel bauen. Das bedeutete über hundert junge Schwalben. Es war wirklich ein fröhliches Getümmel.

Und nun wurden überall Anstalten zur zweiten Brut getroffen. Es war Mitte Juli, und unsere kleine Schwälbin unterzog das Nest über der Ateliertür einer eingehenden Prüfung, stattete auch dieses mit feinen weißen Federchen aus, legte fünf Eier und brütete sie in achtzehn Tagen aus.

Bis dahin ging alles gut. Auch die Aufzucht entwickelte sich in den ersten beiden Wochen noch ungefähr programmgemäß. Dann aber wurde das Wetter schlecht. Wieder, wie im Vorjahr, kamen im August Regen und Kälte ins Tal, und auf den Bergen lag Schnee. Schlimme Tage für die Schwalben, um so schlimmer, wenn fünf Junge im Nest sitzen und Hunger haben.

Sie hatten wohl von Anfang an etwas zuwenig bekommen, denn manchmal schrien sie des Abends plötzlich alle, wenn sie eigentlich schlafen sollten. Die Tage waren ja ohnehin schon erheblich kürzer. Bekam die erste Brut von etwa fünf Uhr in der Frühe bis abends acht zu essen, so war bei der zweiten diese Zeit um zwei bis drei Stunden verringert, und wenn dann noch durch anhaltendes Schlechtwetter das Futter knapp wurde, dann kamen unweigerlich Hunger und Not.

Immer seltener brachten die Eltern ein paar Fliegen, schließlich stellten sie ihre erfolglosen und kräfteraubenden Flüge ganz ein. Traurig und ratlos saßen sie da, und die Kleinen begriffen nicht, warum es nun nichts mehr gab. Des Abends setzten sich die Eltern zu den Kindern ins Nest, was sie sonst nicht taten. Nur etwa die ersten acht Tage bleibt die Mutter nachts bei den Kleinen. Sie rückten alle eng zusammen, um sich gegenseitig zu wärmen. Ich ließ die Küchentür offen, damit auch der Flur mitgeheizt würde – aber das Unglück nahm seinen Lauf.

Erst wurde eines matt. Nach ein paar Stunden sah ich es nicht mehr. Es lag tot im Nest. Ich nahm es heraus. Ein anderes raffte sich vor lauter Hunger auf, flatterte zu den Eltern auf die Veranda, schlug mit den Flügeln, schrie und wollte unbedingt etwas zu essen haben. Aber die hatten selber nichts. Ich griff das kleine Ding und brachte es ins Nest zurück.

Aber was sollte nun werden? Sollten wir eins nach dem andern sterben sehen? Konnte man da nicht helfend eingreifen?

Man kann nichts tun. Das war die einmütige Ansicht aller Hausbewohner. Man muß der Natur, und wenn sie uns noch so grausam erscheint, ihren Lauf lassen. Man wird bei dem Versuch, sich der Kleinen anzunehmen, höchstens die Eltern vertreiben. Und außerdem fressen kleine Schwälbchen nur lebende Insekten, die sie von den Eltern in den Schnabel gestopft bekommen. Schluß und Punkt, und ich solle mich damit abfinden und keine Experimente machen!

Nun – ich fand mich keineswegs damit ab. Diese Ratschläge waren mir doch zu passiv und negativ. Ich würde nicht mit ansehen, wie meine kleinen Schwälbchen kläglich verhungerten. Verderben konnte ich mit einem Versuch ja doch nichts mehr. Wenn ich etwas Falsches unternahm, konnte der Ausgang auch nur der gleiche sein, nämlich der Tod.

In der Küche beim Herd entdeckte ich ein paar letzte Fliegen. Das Fangen ging mir glatt von der Hand. Gepriesen sei der Laubfrosch unserer Kinderjahre! Die Fliegen hätte ich also, quicklebendig und einwandfrei, aber was nun? Eine Pinzette! Auch sie wurde gefunden. So! Eine Fliege vorsichtig dazwischengeklemmt, ein Küchenstuhl unters Nest gestellt, und jetzt konnte es losgehen.

Ein prüfender Blick zu den Eltern. Was würden sie machen? Würden sie an eine Gefahr für ihre Kinder glauben, schreien, herbeiflattern, davonfliegen? Sie saßen kaum einen Meter entfernt auf der Verandatür und beobachteten mich, aber sie taten nichts.

Also vorsichtig den Kleinen die Pinzette hingehalten – nichts. Sie dachten nicht daran, die Schnäbel aufzumachen. Ich versuchte es noch ein paarmal, immer ohne Erfolg.

So ging es also nicht. Die Kleinen reagierten nicht.

Nach einigem Nachdenken fiel mir ein, daß ich möglichst ähnlich füttern müßte wie die Alten, nämlich ganz schnell und plötzlich, wie im Anflug, den Happen vor sie bringen und vielleicht auch so ein kurzes, aufforderndes Piepen versuchen, wie es die Alten ausstießen, wenn sie an den Nestrand kamen. Vielleicht konnte ich mit dieser Methode die Kleinen täuschen.

Los! Auf den Küchenstuhl, die Pinzette ruckartig vor die Schnäbel, gleichzeitig gepiepst – es fiel reichlich seltsam aus, aber offenbar hatte es genügt. Die Schnäbel öffneten sich wie auf Kommando, in einen tauchte die Fliege hinein, es ging. Heureka, sie fraßen!

Nun aber herbei mit den Fliegen! Im Haus waren keine mehr aufzutreiben. Wie hatten sie uns in den heißen Tagen gequält und geärgert, und jetzt, wo man welche brauchte, waren keine da.

Plötzlich fiel mir der nachbarliche Kuhstall ein.

Mit einem leeren Fläschchen versehen, erschien ich dort und fing zur großen Erheiterung der Stallschweizer ein paar Dutzend Fliegen, an denen kein Mangel herrschte.

Als ich durch den strömenden Regen wieder bei meinen Schwälbchen ankam, waren es nur noch drei. Ich suchte das vierte. Sicher war es das energische, das vorhin schon einmal auf die Veranda hinausflatterte. Es war nirgends zu finden, lag wohl irgendwo im hohen, nassen Gras. Unmöglich, es zu entdecken. Auch die Eltern unternahmen nichts.

Ich gab das nutzlose Suchen auf und wendete mich der vorhandenen Tatsache zu; das waren in diesem Fall drei hungrige Schwälbchen.

Das Füttern klappte erstaunlich gut. Die drei hatten die Sache begriffen und fraßen munter. Wenn ich mir nur über die Mengen im klaren wäre! Wieviel frißt so ein kleines Ding normalerweise? Keine Ahnung!

Am Abend waren jedenfalls alle drei durchaus guter Dinge und machten einen zufriedenen und satten Eindruck.

Um so größer war die Enttäuschung in der Frühe. Eins lag tot im Nest, ein anderes öffnete den Schnabel nicht mehr, es war schon zu schwach. Nach kurzer Zeit reckte es die Flügelchen und war tot.

Ich würgte an den Tränen.

Aber eins lebte ja noch! Es war aus dem Nest gestiegen, hatte sich auf das Brettchen daneben gesetzt und fraß, was es vor den Schnabel bekam. Ich gab ihm, soviel es mochte. Sicher war es gestern doch zuwenig gewesen. Es schmeckte ihm ausgezeichnet. Es war ein winziges Ding, aber lebhaft und unternehmungslustig. Allein krabbelte es auf dem Nest und dem

Brettchen herum. Ab und zu setzten sich die Eltern zu ihm und betrachteten es erstaunt. Zwischendurch waren sie lange draußen, um etwas für sich zu suchen. Nur ein- oder zweimal

brachten sie etwas für ihr Kind mit. Dies war also ganz auf mich angewiesen, und ich deckte den Bedarf an Lebendfutter weiter aus dem diesbezüglichen Vorrat im Kuhstall.

Am Abend tauchte ein neues Problem auf.

Die Eltern wollten es zweifellos vom Nest weghaben, vielleicht weil die anderen dort gestorben waren. Jedenfalls machten sie ihm unermüdlich vor, wie man auf den Schrank und von dort auf die Diele und auf den Palm flattern könnte. Aber es konnte noch nicht fliegen, es war noch zu klein. Die Unterhaltung wurde immer lebhafter, die Aufforderungen immer dringender. Es wurde spät, aber es gab keine Ruhe bei der kleinen Familie.

Da entschloß ich mich, nochmals einzugreifen. Ich nahm das kleine Ding, trug es zum Palm und setzte es behutsam auf ein Brettchen, das ich zwischen die Zweige gelegt hatte. Es verließ diese Plattform jedoch sofort und bestieg unter großem Stimmaufwand und Flügelschlagen umständlich einen Ast.

Da saß es nun, winzig und selbständig. Die Eltern ließen sich bei ihm nieder, es folgte eine lange Zwiesprache, aber schließlich kehrte doch die abendliche Ruhe ein. Ein ereignisreicher Tag, voll Trauer und Hoffnung, war zu Ende. Von den fünf jungen Schwälbchen lebte noch eins.

Es lebte auch am nächsten Morgen noch und wurde sofort weitergefüttert. Das Wetter war unentwegt schlecht. Für die Eltern wurde die Lage immer verzweifelter. Sie wußten genau, daß ich das Kleine fütterte, sie erlaubten es, aber sie selbst nahmen nichts.

Das Kleine gedieh prächtig. Ich konnte nicht umhin, ihm einen Namen zu geben. Es hieß »Viktoria«. Bald fing es an, im Haus herumzuflattern. Und siehe da: Es kannte mich! Wenn es mich irgendwo sprechen hörte, begann es zu schreien; wenn es mich sah, flog es auf mich zu und verlangte zu essen. Mit erstaunlicher Geschicklichkeit landete es auf der Pinzette, krabbelte auf ihr entlang und pickte das Bündel Fliegen auf, das am Ende eingeklemmt war. Es hatte also das Picken gelernt – eine gänzlich unschwalbengemäße Sache.

Im übrigen war es ein süßes kleines Ding, dem in komischer Weise ein paar helle Flaumfederchen wie eine Art Heiligenschein um den Kopf standen. Aber, dies konnte nicht geleugnet werden, es war das typische einzige Kind, verwöhnt und anspruchsvoll.

Ganz schlimm wurde es erst, als bei zunehmender Kälte der alte Schwälber in der Küche erschien und nach kurzem Überlegen auch seine Frau und Viktoria holte. Früher hatte er die Küche nie als passenden Aufenthaltsort befunden, jetzt aber hatte er wohl die Wärme als bittere Notwendigkeit zur Erhaltung des Lebens erkannt. Er und seine Frau saßen meist ruhig und bescheiden auf der Tür und waren froh und dankbar, wenigstens im Warmen zu sein, wenn sie schon Hunger leiden mußten.

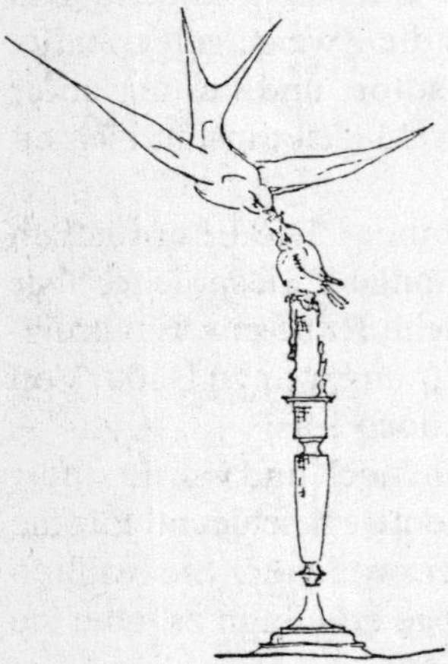

Aber Viktoria! Von Ruhe oder Bescheidenheit keine Spur. Sie kletterte auf allen Gestellen, Tiegeln und Töpfen herum, immer in Gefahr, auf dem heißen Ofenrohr oder dem Herd zu landen. Oft schien ihr Absturz ins kochende Essen unvermeidlich. Doch sie hatte sichtlich einen Schutzengel. Aus allen Gefahren und Katastrophen tauchte sie heil und unversehrt wieder auf, ein wahrer Kobold an dummen Streichen und unverwüstlicher guter Laune. Ihr Appetit war beängstigend. Sie verfolgte mich auf Schritt und Tritt und war fest davon überzeugt, daß ich sie zu ernähren hätte.

Endlich wurde das Wetter etwas besser, und sofort nahmen

die Eltern die Erziehung ihres gänzlich aus aller Schwalbenordnung geratenen Sprößlings wieder selbst in die Hand. Der erste Ausflug ins Freie stieg, und es stellte sich heraus, daß auch dies mit nur einem Kind bei weitem schwieriger zu bewerkstelligen war als mit einer größeren Schar, denn es fehlte die Gesellschaft, das Beispiel, die Zugehörigkeit zu Gleichaltrigen. Die Eltern hatten wirklich ihre Last.

Und am Abend gab es wieder einmal eine Überraschung. Viktoria wurde nicht ins Haus gebracht, sondern auf den Lichtdraht hinter dem Haus gesetzt und ihrem Schicksal überlassen. Warum das geschah, nachdem die erste Brut so ganz anders behandelt worden war, dafür fanden wir keine Erklärung.

Viktoria überstand die recht kalte Nacht im Freien und auch noch eine zweite. Am Vormittag des dritten Tages jedoch zeigte ihr die Mutter den Einflug ins Haus durch die vordere Haustür. Zu ihrer großen und freudigen Überraschung landete sie wieder auf dem wohlvertrauten Palm, ein Ereignis, das in einem anschließenden Familienrat ausgiebigst besprochen werden mußte. Im Laufe des Tages wurde der Ein- und Ausflug des öfteren geübt, und am Abend durfte Viktoria im Haus übernachten.

Bald wurde ich gewahr, daß sie mich in der weiten Welt und unter dem Eindruck all der neuen Erlebnisse keineswegs vergessen hatte. Mich wiedersehen und zu essen verlangen war eins! Sie bekam also weiter die Pinzette wie andere Kleinkinder das geliebte Fläschchen, und auch die Eltern schienen der Ansicht zu sein, daß wir uns ruhig weiter in die Sorge um die junge Dame teilen könnten.

Wie sich zeigte, war das auch dringend nötig. Denn was hätten sie zum Beispiel beginnen sollen, als Viktoria an einem schönen Sonntagnachmittag plötzlich zwischen Dach und Kandel eingeklemmt war und nicht mehr vor noch rückwärts konnte? Sie war zu eilig angeflogen, und da steckte sie nun fest. Aufgeregt flatterten die Eltern herum. Da waren sie machtlos. Also auf aus dem Liegestuhl und in die Nachbarschaft, auf die Suche nach einer großen Leiter! Es fand sich auch eine. Sie wurde »zu leihen genommen«, wie man hier so schön sagt, und nach einigen Übungen, die jeder Feuerwehr Ehre gemacht hätten, gelang es, Viktoria aus ihrer Bedrängnis zu befreien. Sie war und blieb halt ein aufregendes Kind.

Mittlerweile war es September geworden. Am Morgen des Achten sahen wir unseren Schwälber zum letztenmal. Schon im Laufe des Tages fiel uns seine Abwesenheit auf. Der Abend kam. Viktoria und ihre Mutter flogen herein. Unser Schwälber kam nicht.

Er kam nie mehr.

Ist er an diesem Tag gestorben? Oder ist er mit einem großen Trupp Jungschwalben, der das Tal verließ, als einer der Flugleiter abgeflogen und irgendwo in der Ferne zugrunde gegangen? Wir können es nicht wissen. Ich neige dazu, das erste zu glauben, denn er war ein so guter Familienvater, daß es eigentlich nicht zu seinen Gewohnheiten paßte, seine Frau und das Sorgenkind allein zurückzulassen.

Aber wie dem auch sei, er kam nicht mehr, und das bedeutet sicherlich, daß er gestorben ist. Wir konnten nichts weiter tun als feststellen, daß auch ein kleiner Vogel eine große Lücke hinterlassen kann, daß etwas Liebes und Vertrautes, das die ersten vier Sommer unser Leben in diesem Haus geteilt hatte, unwiederbringlich dahingegangen war.

Unsere schlimmen Befürchtungen, daß nun vielleicht auch die Mutter nicht mehr käme, davonzöge und Viktoria als vielleicht doch noch zu jung und zu schwach für die weite Reise zurückließe, erfüllten sich Gott sei Dank nicht. Mutter und Kind blieben zusammen, und als es wieder kalt und regnerisch wurde, nahm die Mutter diesen neuerlichen Hausarrest wahr, um Viktoria in die übrigen Räume des Hauses einzuführen.

Besonders beliebt war der erste Stock, wo die beiden stundenlang auf den Schränken des Flurs herumsaßen und sich unterhielten. Als es aber immer kälter und unfreundlicher wurde und die kleine Viktoria wieder frieren mußte, so ganz allein, ohne Geschwisterchen, mit denen sie sich zusammenkuscheln konnte, da erschien die Mutter plötzlich mit zwei Jungschwalben.

Das eine war unverkennbar Tuttelchen, das andere sicher auch eins aus der ersten Brut. Die beiden setzten sich auf den ihnen bekannten Platz auf der Lampe, Viktoria wurde in die Mitte genommen und schön gewärmt. Sie fand die neue Gesellschaft wunderbar und führte das große Wort. Die beiden, erheblich vernünftiger als sie, ließen sich gutmütig ihre Tyrannei gefallen. Als sie aber sahen, daß Viktoria hinter mir herflatterte, gut bekannt mit mir war und sogar zu fressen bekam, da waren sie doch baß erstaunt. Das hatte selbst Tuttelchen nicht für möglich gehalten. Dieses verblüffende Ereignis mußte immer wieder besprochen werden.

Die drei Geschwister blieben fortan zusammen, und die Mutter hatte es jetzt viel leichter mit der weiteren Erziehung und Ausbildung Viktorias, denn Viktoria hatte ja nun das gute Beispiel der Älteren.

Das Wetter wurde noch einmal sommerlich schön. Auf den Drähten versammelten sich die noch nicht abgereisten Schwalben in kleinen Trupps. Es waren nicht viele, die meisten der zweiten Brut waren durch die Unbilden der Witterung zugrunde gegangen.

Eines Abends, am Ende des September, kam Frau Schwälbchen allein. Die Kinder waren wohl mit den anderen Jungschwalben zusammengeblieben und verbrachten die letzten Nächte vor der Abreise gemeinsam. Da saß sie nun einsam auf ihrem Palm, die kleine Vogelmutter, ein zartes und schönes Vögelchen. Elf Kinder hatte sie gehabt, vieles und Schweres mit ihnen durchgemacht, voll Liebe und Tapferkeit für sie gesorgt. Sechsen hatte sie aus Gewitternot das Leben gerettet. Vier waren Hungers gestorben, ohne daß sie ihnen helfen konnte. Der Mann war verschollen. Wußte sie um sein Schicksal? Und nun zuletzt war sie allein bei uns.

Ich stand an diesen letzten Herbstabenden oft bei ihr und sprach mit ihr. Und wenn sie auch nichts von meinen Worten verstanden hat, ich, unser Haus, wir hatten ihr Vertrauen. Und genügte das schließlich nicht? War es nicht genausoviel oder mehr, als letzten Endes mit Worten, mit einer gemeinsamen Sprache zu erreichen wäre?

Es ist doch etwas Seltsames um dieses Zutrauen der Schwalbe zum Menschen. Wie war es wohl einmal zustande gekommen? Was hatte sie bewogen, ihr Nest in die Heimstätte des Menschen zu bauen? Denn wenn sie uns nun auch verließ, verlassen mußte, weil sie unsern harten Winter nicht überleben würde, hier war ihre Heimat.

Die Erinnerung an ihr Schicksal bleibt im Haus. Kleiner Vogel, sei bedankt!

An einem der nächsten Tage machten wir eine Radtour durchs Salzkammergut, und dort sind wir vielleicht unseren Freunden – Tuttelchen, Viktoria und der Mutter – noch einmal begegnet. Da saßen sie rastend auf den Drähten, an einem Seeufer, wenige Alte, die Flugleiter, und ein fröhlicher Schwarm Junger und Jüngster mit kurzen Stummelschwänzchen und hellen Schnäbeln. Sie machten eine Pause, putzten sich, ordneten die Federn, fingen Fliegen über dem Wasser, und manche schliefen ein Weilchen. Sie flogen also anscheinend nicht den schnurgeraden Weg über das Gebirge, sondern bummelten, von gutem Wetter begünstigt, mit der Kinderschar langsam durch die Niederungen und Täler gen Süden. Es waren die letzten Schwalben, die wir in diesem Jahr sahen. Abschied vom Sommer!

Wieder kam ein langer Winter. Er wollte und wollte kein Ende nehmen. Der Mai begann mit Sturm und großem Schneefall, das junge Grün, kaum schüchtern erschienen, verschwand wieder unter der weißen Decke. Alle unsere Wintergäste fanden zum Fenster zurück, und die schon heimgekehrten Zugvögel, die Bachstelzen und Rotschwänzchen, litten Hunger und Not.

Da hörten wir Schwalbengezwitscher.

Wir trauten unseren Ohren nicht. Aber tatsächlich: auf dem Lichtdraht, eng am Haus, etwas vom Dachvorsprung geschützt, saß ein Schwälbchen und sang aus voller Kehle. Der Wind heulte ums Haus, der Schnee fiel in dichten Flocken – es sang! Plötzlich flog es auf, verschwand im Schneegestöber und ward nicht mehr gesehen.

Am nächsten Morgen saß es wieder da, zwitscherte sein Begrüßungslied und flog wieder davon.

Zwei Tage blieb es verschwunden, und wir waren überzeugt, daß es in dem schlimmen Wetter und der Kälte zugrunde gegangen war.

Da schlug das Wetter um. Der Föhn brach herein, und plötzlich saß das Schwälbchen wieder auf dem Draht. Es flog ums Haus, zum Flurfenster im ersten Stock herein, setzte sich auf den Schrank, sang, tat bekannt und vertraut, erschien im Küchenflur, besah das Nest über der Ateliertür und ließ sich schließlich auf dem Palm nieder.

Kein Zweifel – es war Viktoria. Sie war wiedergekehrt, aber es war gar keine »sie«, kein Mädchen Viktoria, sondern ein Jüngling Viktor.

Die Freude bei uns war groß. Wenn auch unser alter treuer Schwälber gestorben war, die Tradition im Hause blieb erhalten, sein letzter Sohn setzte sie fort.

Viktor war nun also ganze neun Monate alt und tatsächlich bereits ein junger Mann und durchaus »fesch«. Er saß auf seinen alten Lieblingsplätzen, war kein bißchen scheu und sang von früh bis spät.

Schon nach ein paar Tagen hatte er sich eine Liebste ersungen und erschien mit ihr im Haus. Aber das war doch Tuttelchen, das törichte kleine Ding! Diese seltsame Art, fast waagerecht dazusitzen und den Kopf zwischen die Schultern zu ziehen, war doch ihre Spezialität. Auch sie zeigte keine Angst und kannte sich noch bestens im Hause aus.

Viktor machte ihr feurig den Hof, ein wahrer Sohn seines Vaters. Aber Tuttelchen blieb ihm trotzdem nur drei Tage treu, am vierten Abend saß er wieder allein und recht enttäuscht auf der Ateliertür am Nest. Die Trauer dauerte jedoch nicht lange. Mit dem schönen Wetter trafen täglich neue Schwalbendamen aus dem Süden ein, und Viktor begab sich erneut auf Brautschau.

Diesmal war die Auserwählte eine Fremde und zweifellos etwas älter und erfahrener als er. Viktor benahm sich wahrhaft närrisch vor lauter Jugend und erster Liebe. Er sang nicht mehr, nein, er schrie in den höchsten Tönen. Er setzte sich in das Nest und warf die Federn daraus vor lauter Eifer und Begeisterung in die Luft. Er wußte einfach nicht, was er alles tun sollte vor Gefühlsüberschwang. Und er hatte Erfolg: Sie blieb bei ihm.

Sie übernahm das Nest so, wie es war, eine neue, feine, weiche Federinnenausstattung schenkte sie sich. Nur ganz pro forma und um überhaupt etwas getan zu haben, trug sie ein paar Hälmchen herbei, die wieder auf den Boden hinunterfielen. Dann wurde schleunigst geheiratet, und bald lagen fünf Eierchen im Nest.

Viktor fand den Zustand mit der brütenden Frau sichtlich etwas langweilig. Er trieb sich mit Vorliebe im ersten Stock auf den Schränken herum und sang sich eins. Bis eines Tages eine etwas beängstigende Abwechslung in die Häuslichkeit und in die Ehe kam.

Ein fremder Schwälber versuchte in den Küchenflur einzudringen und sich dort niederzulassen. Es war ein großer, voll ausgewachsener, schöner Kerl. Bald waren wilde Kämpfe im Gange. Viktor verteidigte seine Burg mit Mut und Schneid. Auch ich jagte den Eindringling, und als fünf kleine Schwälbchen ausgekrochen waren und der Fremde die Fütterung und den Frieden der Familie immer wieder störte, da schüttete ich sogar mit Wasser nach ihm. Es half nichts. Er kam immer wieder. Seine Hartnäckigkeit war erstaunlich.

Da geschah das Unglück. An einem Samstag, gerade zur Mittagszeit, rief mein Mann mich aus der Küche. Auf dem Läufer im Küchenflur, unmittelbar an der Verandatür, lag eine Schwalbe auf dem Rücken und ächzte.

Es war Viktor. Vorsichtig drehte ich ihn herum und hob ihn auf. Ich hoffte, er würde sich von dem Sturz oder Anprall erholen und die Atemnot würde vorübergehen. Es war zu spät.

Er starb in meiner Hand.

Keine Verletzung war an ihm zu sehen. Das schöne blauschwarze Gefieder glänzte, kein Fleckchen war auf den zarten weißen Brustfedern. Aber er war tot.

Diesmal hatte ich ihm nicht helfen können wie so oft in seinem jungen Leben. Heute war ich zu spät gekommen. Sicher hatte wieder ein Kampf mit dem Fremden stattgefunden, und Viktor war angeprallt und zu Boden gestürzt, unglücklicherweise auf den Rücken gefallen, unfähig, sich mit eigener Kraft herumzudrehen, vielleicht innerlich verletzt, vielleicht auch vor Aufregung am Herzschlag gestorben. Wir begruben ihn unter den Weiden.

Die Trauer um ihn war groß – und dazu kam die Sorge um die Frau und die fünf erst acht Tage alten Kinderchen.

Frau Schwälbchen saß zitternd und gänzlich verstört auf dem Nest. Nur einmal flog sie auf und flatterte zu der Stelle, wo Viktor am Boden gelegen hatte. Sicher hatte sie die Tragödie mit angesehen.

Ich blieb zunächst einmal auf der Veranda und verscheuchte immer wieder den Eindringling, den Mörder, der dieses Familienglück so grausam zerstört hatte.

Aber was sollte aus den fünf Kleinen werden? Würde die Mutter nun allein weiterfüttern? Und wenn sie es tat, würde das genügen? Bei fünf hungrigen Schnäbeln hatten doch sonst beide Eltern den ganzen Tag ununterbrochen zu arbeiten, um das nötige Futter herbeizuschaffen.

Vorläufig sah es recht hoffnungslos aus. Frau Schwälbchen konnte sich gar nicht von dem Schreck erholen. Hinzu kam immer wieder neue Aufregung durch den fremden Schwälber, der seine Einflugversuche nicht aufgab und den sie nun ihrerseits hinauszubeißen versuchte. Futter holte sie keines. Nach zwei Stunden fingen die Jungen vor Hunger leise zu piepen an. Aber sie blieb auf dem Nestrand sitzen und brachte ihnen nichts. Was nun? Hier mußte etwas geschehen, oder die Familientragödie würde weitergehen.

Ich entschloß mich schließlich, Frau Schwälbchen mit einem freundschaftlichen kleinen Schubs aufzuscheuchen und zum Hinausfliegen zu veranlassen. Vielleicht fielen ihr dann draußen beim Herumfliegen ihre Pflichten wieder ein.

Unter Protest flog sie hinaus. Ein paar ängstliche Minuten vergingen. Da endlich kam sie wieder, brachte zu fressen mit, flog wieder hinaus, der Bann war gebrochen. So gut es ging, hielten wir inzwischen den Fremdling vom Einfliegen ab, um sie wieder ruhiger und sicherer zu machen. Sie fütterte fleißig weiter, aber zwischendurch kam ihr doch immer wieder die Erinnerung, und es war recht trostlos, mit anzusehen, wie sie wieder und wieder zu dem Platz hinunterflatterte, an dem sie Viktor zuletzt gesehen hatte. Aber die Sorge um die Kinder siegte doch zuletzt über die Trauer. Am nächsten Morgen schien sie ihren Gram überwunden zu haben.

Wenn wir nur den Fremden losgeworden wären! Er ließ sich einfach nicht verscheuchen, und schließlich gaben wir die Versuche recht erschöpft auf. Frau Schwälbchen bekämpfte ihn zwar weiter, aber die Kinder, die immer mehr Futter verlangten, ließen ihr kaum Zeit dazu.

Als nach zwei Tagen die Kleinen am Abend weiterpiepten und zu fressen forderten, anstatt zu schlafen, wurde mir klar, daß ich versuchen mußte, hilfreich einzuspringen, wenn sich nicht die Hungerkatastrophe des vorigen Jahres wiederholen sollte. Auch wenn die Mutter sich noch so sehr anstrengte, konnte sie die Mengen Futter, die nötig waren, nicht allein herbeischaffen.

Über die Technik des Fütterns war ich mir ja bestens im klaren. Die Frage war lediglich, ob die erst eine gute Woche alten Schwälbchen das Futter schon annehmen und was die Mutter dazu sagen würde, denn sie war selbst erst fünf Wochen bei uns im Haus und nicht so sehr an uns gewöhnt wie der alte Schwälber und seine Frau. Außerdem war es für mich unmöglich, die Unmassen Fliegen für fünf Schwälbchen zu fangen, wenn ich nicht diese Jagd zu meiner Hauptbeschäftigung machen wollte.

Bekannte rieten mir, es zusätzlich mit Kalbfleisch zu versuchen. Dieser Vorschlag leuchtete mir ein, zum mindesten in bezug auf die Leichtverdaulichkeit dieser Nahrung, wenn sie auch nicht lebendig war.

Der erste Versuch wurde jedenfalls einmal mit Fliegen gemacht, und er gelang auf Anhieb. Eins begriff die Sache sofort, und die anderen machten es nach. Die Mutter staunte, als sie mich bei der Fütterung erwischte, begutachtete diese Neuerung genauestens, fand nichts Bedrohliches für ihre

Kinder dabei und war einverstanden, daß ich sie unterstützte und die Sorge um Viktors Waisenkinder mit übernahm.

Nun blieb also noch das Experiment mit dem Kalbsbraten übrig, denn obwohl sämtliche Hausinsassen, Familienmitglieder und Gäste, mit mehr oder weniger Talent ebenfalls auf den Fliegenfang gingen, war das gewünschte Quantum dieser köstlichen Tiere auf die Dauer doch nicht zu beschaffen. Drei Fliegen auf einen Happen, das war jetzt schon die Normalportion. Ich kaufte also Schnitzelfleisch, briet es in Butter an, schabte und häckselte es ganz fein und verarbeitete es zu einer weichen Masse. Dann nahm ich eine kleine Portion, etwa in Größe eines Reiskorns, auf die Pinzette und verabreichte sie unter einigem Herzklopfen als Kostprobe. Ganz wohl war mir nicht dabei. Dem Kleinen schmeckte das Gericht aber. Ich wartete eine Zeitlang – nichts Nachteiliges zeigte sich. So bekamen denn auch die vier anderen je eine Ration.

Damit war die Fütterung höchst einfach geworden: immer mal wieder eine Runde Kalbsbraten – wenn sie satt waren, sperrten sie die Schnäbel nicht auf oder schliefen zufrieden –, dazwischen ein paar Bündel Fliegen, denn komischerweise machte Kalbsbraten allein faul und phlegmatisch, die Fliegen aber machten munter und fidel. Also gemischte Nahrung. Es ging großartig.

Frau Schwälbchen ihrerseits arbeitete von vier Uhr in der Frühe bis abends acht unverdrossen, erzog die Kinder auch bestens, hielt sie schön sauber und war in jeder Beziehung eine gute Mutter.

Das Schlimme war, daß wir den Mörder nicht los wurden. Es mißlang uns nicht nur, ihn zu verscheuchen, wir fingen sogar an, uns an ihn zu gewöhnen. Frau Schwälbchen biß ihn zwar immer wieder, und wir trieben ihn täglich Dutzende Male hinaus, aber er gab es nicht auf.

Einen Namen hatte er auch schon. Nach dem ebenso hartnäckigen Verehrer eines jungen Mädels, das bei uns im Hause war, hieß er »Hans Ortlieb«.

Ich konnte ihn gar nicht leiden. Daß er Viktor umgebracht hatte, war ihm wirklich nicht zu verzeihen. Viktor, mein ganz persönliches Schwälbchen! Würde je wieder ein solcher Grad von Zutraulichkeit erreicht werden können? Sein Tod hatte die traditionelle Bindung einer Schwalbenfamilie an unser Haus jäh unterbrochen. Er war noch von seinem Vater in alle Gewohnheiten eingewiesen, mit allen bewährten Einrichtungen bekannt gemacht worden. Und nun war niemand mehr da, der die vierjährigen Familienerfahrungen den nachkommenden Generationen mitteilte. Wie lange würde es dauern, bis die Schwalben und das Haus wieder solch eine Einheit wurden?

Hans Ortlieb hatte bis jetzt nur eins mit unserm alten Schwälber gemeinsam: die Besessenheit, mit der er in dieses Haus einziehen wollte. Wenn ich nur gewußt hätte, ob er vielleicht aus einer der früheren Bruten hervorgegangen war! Das wäre immerhin ein mildernder Umstand gewesen. Merkwürdigerweise entschied er sich für das Atelier, das bis jetzt von allen gemieden worden war. Ein Draht der elektrischen Leitung hatte es ihm angetan, der dicht unter der Decke zu einer Arbeitslampe führte. Hier saß er stundenlang, hier übernachtete er, nachdem Frau Schwälbchen und ich resigniert und uns – ohne ihn zu lieben – mit seiner Gegenwart abgefunden hatten. Er brachte zwar alle Entwürfe, Zeichnungen, Bilder und Akten in die Gefahr, durch die unvermeidlichen Kleckse verziert zu werden, er thronte stolz auf der obersten Reihe des Büchergestells – Goethe vor Schiller und Shakespeare bevorzugend –, er saß auf der Schreibmaschine herum, probierte alle Bilderrahmen aus, kurz, er war bald ein selbstverständlicher Teil des Inventars geworden.

Und mein Mann? Was sagte er dazu?

Er benahm sich so inkonsequent, wie es Männer mit Vorliebe tun, wenn sie unter sich sind. Da der Schwälber sich so ausgesprochen ihm anschloß und sein Arbeitszimmer mit ihm teilte, duldete er ihn weitestgehend, sah großzügig über die Kleckse hinweg und war bald mit Hans Ortlieb einig. Er warf sich geradezu zu seinem Anwalt auf, hielt Reden über seinen Kampfgeist, seine Tapferkeit, über das Recht des Stärkeren und ähnliche heroische, den Männern vorbehaltene, bewundernswerte Eigenschaften. Er putzte sogar heimlich die Spuren von seinem geheiligten Schreibtisch, den wir nicht einmal abstauben durften.

Reden wir nicht weiter über dieses Kapitel. Sagen wir lediglich: »Männer« und denken uns unser Teil!

Die Situation war nun also so: Die fünf Schwalbenkinder wuchsen und gediehen, die Mama sorgte treu und brav für sie, und dem fremden Schwälber war es nicht nur gelungen, ins Haus einzudringen, sondern sogar festen Fuß darin zu fassen.

Er begann nun, Frau Schwalbe auf ihren Aus- und Einflügen zu begleiten, und es störte ihn keineswegs, daß ihr seine Gesellschaft lästig war. Er besah sich auch die Kinder, aber etwas Lobenswertes zu tun, nämlich sich am Füttern zu beteiligen, nein, daran dachte er nicht. Und das wäre doch wirklich ein segensreiches und versöhnliches Werk gewesen. Aber er zeigte keinerlei Zuneigung zu den Waisenkindern.

So vergingen vierzehn Tage. Der Termin des ersten Ausflugs nahte. Die Schwälbchen waren auffallend groß und gut entwickelt – sicher ein Verdienst des Kalbsbratens –, aber sie zeigten keinerlei Neigung, das Nest zu verlassen. Die Mutter forderte sie zwar freundlich dazu auf, aber sie mochten nicht.

Da mischte sich der Stiefvater zum erstenmal in die Erziehung. Er wurde höchst energisch und warf die Kleinen zu meinem Entsetzen buchstäblich und auf die gröbste Art und Weise hinaus. Er hatte sich nicht an der Fütterung beteiligt und beteiligte sich auch weiter nicht daran, aber den Flugunterricht nahm er in die Hand. Im Haus sahen wir ihn jetzt selten, er war den ganzen Tag mit den anderen draußen.

Frau Schwälbchen kam auf die Idee, ihre Kinder auf ein Gesims an unserem Holzhaus zu placieren. Hier fütterte sie die ewig hungrige Gesellschaft, und am Abend brachte sie dann alle fünf auf einen Fensterladen am ersten Stock. Da saßen sie schön eng nebeneinander, vor Wind und Wetter geschützt, und schliefen friedlich, bis die Mutter sie am Morgen wieder abholte. Sie selbst übernachtete im Küchenflur – und mit ihr Hans Ortlieb, der unerklärlicherweise jeden Abend versuchte, die Kleinen wieder von dem Fensterladen aufzujagen und zum Holzhaus zurückzubringen. Warum? Weil er selbst tagsüber manchmal gern auf diesem Laden saß? Wir kamen nicht dahinter – wenigstens vorläufig nicht.

Eins der Kleinen, ein besonders großes und tatkräftiges, machte sich schon nach etwa acht Tagen selbständig. Die vier anderen kehrten jeden Abend auf den Klappladen zurück.

Es war Vollmond. In der wundervollen, fast taghellen Nacht wachte ich von einem durchdringenden, schaurigen Schrei auf. Ich fuhr hoch. Was war das? Eine Katze? Wieder

der gräßliche Schrei. Stellte sie den jungen Amseln im Pfeifenstrauch an der Veranda nach?

Ich sprang auf und lief in den Garten. Trotz der Helle konnte ich nichts entdecken. Wieder das Schreien! Anscheinend ganz nahe aus der Wiese oder dem Nußbaum. Ich warf mit Steinen in diese Richtung. Das Schreien hörte auf. Später erklang es noch einmal, entfernter. Ich suchte noch eine Zeitlang herum, fand aber nichts und kroch schließlich fröstelnd wieder in mein Bett.

Morgens entdeckten wir verstreute schwarze Federchen. Zunächst ahnten wir den wahren Sachverhalt noch nicht, bis uns auffiel, daß Frau Schwälbchen sich sehr seltsam benahm. Bald saß sie untätig auf dem Fensterladen, bald flog sie ums Haus herum, kam wieder zum Fensterladen zurück – mein Gott – heute nacht das Schreien – die Federchen! Wo waren denn die Kleinen? Am Laden hingen auch ein paar Federchen, darunter im Phlox lagen noch mehr. Kein Zweifel – die Schwälbchen waren tot. Umgebracht! Nicht eine Katze hatte geschrien, sondern eine Eule. Ich hörte sie noch oft in den nächsten Nächten. Sie hatte meine Schwälbchen im Mondlicht erspäht, als sie nahe am Haus vorbeistrich, und alle vier gefressen.

Hatte Hans Ortlieb die Gefahr geahnt? War ihm der Platz vor der hellen Hauswand zu frei, zu ungesichert erschienen? Hatte er sie deshalb jeden Abend aufjagen wollen?

Nun war also die ganze Familie ausgestorben, der alte Schwälber, Viktor, seine vier Kinder, und vom Verbleib des fünften wußte ich nichts. Alles war umsonst gewesen, alle Mühe im vorigen, alle Sorgen in diesem Jahr.

Frau Schwälbchen saß allein und verlassen, und mir kamen wieder mal die Tränen über so viel Unglück und Kummer. Nach zwei Tagen Trübsal riß meinem Mann die Geduld. Nein, das machte er nicht mehr mit. Trauer, wenn ein Hund starb, gut und schön. Aber Untröstlichkeit über Schwalben, Tragödien über Tragödien? Nein, damit war er nicht einverstanden. Schluß mit der Schwalbenwirtschaft, wenn sie mir derart aufs Gemüt ging – es kamen keine mehr ins Haus!

Hans Ortlieb aber war durchaus anderer Ansicht. Auch für ihn war der schnelle Tod der Schwalbenkinder eine Tatsache von einiger Tragweite. Seine Auffassung über die schickliche Ausdehnung und Einhaltung der Trauerzeit der Mutter um ihre Kinder war nicht pietätvoll, sondern rein egoistisch. Er war für Heiraten. Und zwar wollte er hier ins Haus, in das Nest auf dem Ofenrohr, einheiraten.

Die Beschlüsse meines Mannes, die Schwalben abzuschaffen, kümmerten ihn nicht im geringsten. Er legte sich mächtig ins Zeug, erklärte der Witwe von morgens bis abends seine Liebe, und siehe da, sie vergaß ihr Unglück, wurde weniger abweisend, hörte seine Gesänge an, besah sich das zweite Nest, gab schließlich den letzten Rest ihrer Abneigung und Zurückhaltung auf und ging die Ehe mit Hans Ortlieb ein. Es dauerte nicht lange, bis sie auf vier Eierchen saß.

Daß ihr neuer Mann, Hans Ortlieb, sich über meine Antipathie völlig im klaren war, erkannte ich sehr bald; die Wasserdusche hatte er mir nicht vergessen. Er warf sich demonstrativ zum Verteidiger von Weib, Nest und zukünftigen Kindern auf, beobachtete mich und jedermann argwöhnisch und bezog, wenn seine Frau für kurze Zeit hinausflog, in kriegerischer Haltung Posten auf dem Nestrand. Wenn irgend etwas verdächtig erschien, stieß er schrille Warnungs- und Kampfschreie aus. Er war durch und durch ein Kämpfer. Wenn draußen von anderen Schwalben das Signal »Der Falke ist da!« ertönte, stürzte er sofort hinaus und griff an leitender Stelle in die Schlacht gegen diesen schlimmsten Feind aller Schwalben ein.

Als nach knapp drei Wochen seine Kinder zur Welt kamen, war er ein stolzer und glücklicher Vater. Seine Gattin hatte es gut. Sie brauchte sich nicht übermäßig anzustrengen, er schaffte für zwei. Die Entwicklung der Kleinen ging normal und ohne Aufregungen vor sich. Man atmete direkt auf nach all den Wirrnissen der letzten Zeit.

Nach acht Tagen ließ die Mutter ihre Kinder nachts allein und zog sich zu ihrem Gatten auf den Draht im Atelier zurück, der sein auserwählter Stammplatz geblieben war.

Da fiel mir eines Abends das sonderbare Gehabe der Kleinen auf. In dem Nest war eine eigentümliche Unruhe, die auch des Nachts anhielt, wenn eigentlich geschlafen werden sollte. Irgend etwas stimmte da nicht. Hunger konnte es diesmal nicht sein, denn sie bekamen reichlich. Sie waren erst vierzehn Tage alt, als eines aus dem Nest herauskrabbelte und prompt vom Ofenrohr herunterfiel, sich aber keinen Schaden tat. Ich setzte es unter den wütenden Schreien Hans Ortliebs, der wie ein Wilder herumflatterte, ins Nest zurück. Es stieg wieder aus und landete erneut auf dem Fußboden. Nochmals setzte ich es zurück, und da es schon spät und auch für mich Zeit war, ans Schlafen zu denken, brachte ich einen Schuhkarton unterhalb des Nestes an, damit es bei einem eventuellen neuen Sturz nicht so tief fiel und die Nacht über dort verwahrt blieb.

Als ich sehr früh am nächsten Morgen herunterkam, war das Nest zu meinem Schreck leer. Ich erklomm eilends einen Stuhl – da saßen drei im Schuhkasten, jedes in einer Ecke, das vierte lag tot in der Mitte. Das nahm ich zunächst einmal heraus und schloß die Tür zum Atelier, wo die Eltern noch friedlich schliefen, um nicht von dem fanatischen Vater gestört zu werden, denn nun mußte ich der Sache auf den Grund gehen und versuchen, die Ursache des Übels und dieser Massenflucht aus dem Nest zu finden.

Es stellte sich heraus, daß die armen Würmer von einem Ungeziefer geplagt waren, ekelhaften Tieren, so einer Art Zwischending von Fliege und Spinne. Die suchte ich ihnen erst mal ab. Zwei ließen sich die Prozedur geduldig gefallen, das dritte schrie wie am Spieß. Schon antwortete der Vater im

Atelier mit wilden Rufen. Ein Glück, daß er nicht heraus konnte!

Aber was nun? Sie in das vermutlich verseuchte Nest zurückzusetzen war sinnlos. Der Schuhkarton war auch nicht das Rechte. Auf dem Rand konnten sie nicht sitzen, weil er zu dünn war, und im Kasten saßen sie in ihrem eigenen Schmutz. Also ein Ästchen her! Das wurde schön waagrecht über dem Kasten angebracht und eins nach dem anderen draufgesetzt. Jawohl, das paßte ihnen! Ihre Plagegeister waren sie los, und zufrieden saßen sie nebeneinander.

Aber – und das war ein großes Aber – was würden die Eltern zu der veränderten Lage sagen?

Ich machte die Ateliertür auf. Sofort kam der Vater herausgeschossen. Und ganz wie ich es erwartet hatte, führte er sich auf wie ein Narr. Er brachte es sogar fertig, seine Frau ebenfalls kopfscheu zu machen. Es war ein rechtes Getümmel.

Die Kinder zogen die Köpfe ein und ließen das elterliche Gezeter zunächst einmal über sich ergehen. Nach einiger Zeit wurde es ihnen aber zu dumm, und sie verlangten ihr Frühstück. Schließlich flogen die beiden Alten auch hinaus – aber sie kamen nicht wieder. Lag es daran, daß es heute ausgerechnet regnete und sie nichts fanden? Oder waren sie wirklich vergrämt ob meiner Eigenmächtigkeit, wie mein Mann orakelte? Jedenfalls waren sie weg und blieben weg.

Das konnte mich nun nicht gleich aufregen. Was man mit hungrigen Schwälbchen tut, das wußte ich ja. Sie wunderten sich denn auch nur vorübergehend über die neue Methode, Fliegen gereicht zu bekommen, und verspeisten sie bald mit Wohlbehagen. Auch der bewährte Kalbsbraten war zur Hand. Alles klappte großartig, es fehlten lediglich die Eltern.

Gegen Mittag erschien als erste die Mama wieder und wurde von den dreien freudig begrüßt. Nach einigem Zögern setzte sie sich zu ihnen auf den Ast und besah sich einmal alles in Ruhe von vorn und hinten und unten und oben.

Na also – ohne den aufgeregten Mann, der überall nur Feindschaft und Bedrohung witterte, ging es viel besser. Sie überlegte noch ein bißchen, dann flog sie davon und kehrte mit einem Schnabelvoll Futter zurück.

Schließlich trudelte auch der Vater wieder ein. Den ganzen Tag konnte er ja in dem Regen auch nicht draußen bleiben. Er war aber inzwischen keineswegs vernünftig geworden, sondern krakeelte weiter. Nun, mit ihm war ich schnell fertig. Er wurde, wenn er es zu bunt trieb und mich beim Füttern störte, einfach ins Atelier eingesperrt. Sonst machte er mir mit seinem ewigen Warn- und Schlachtgeschrei noch die Kleinen ängstlich!

Am Abend untersuchte ich die Gesellschaft noch einmal, fand aber kein Ungeziefer mehr und brachte nun lediglich noch einen Pappdeckel als Schutzwand am Ende des Schuhkastens an, damit während der Nacht keines vom Stängelchen fiel.

Der nächste Tag verlief schon friedlicher. Die Mama hatte sich mit der neuen Lage abgefunden, und der Heldenvater beruhigte sich auch allmählich. Mit den drei Kleinen stand ich durchaus auf vertrautem Fuß. Des schlechten Wetters wegen fütterte ich sie weiter mit. Sie kannten mich schon von weitem und rissen um die Wette die großen Schnäbel auf. Wunderschön fanden sie es, wenn ich sie recht sanft und zart am Brüstchen kraulte, dann schlossen sie vor Entzücken die Augen. Ihr strenger Vater durfte diese kleinen Vertraulichkeiten zwischen uns natürlich nie sehen, er hätte uns sicher aufs gröbste beschimpft.

Eins war besonders keck. Es wollte immer am äußersten Ende des Astes sitzen und kletterte rücksichtslos über seine Geschwister weg, um dort hinzukommen. Die Stimme hatte es vom Vater geerbt, sie ging einem durch und durch. Es war auch sofort begeistert, als die Eltern – wieder pünktlich nach drei Wochen – den ersten Ausflug in Vorschlag brachten. Gleich flog es los, und die beiden anderen, die immer zusammenhielten, entschlossen sich wohl oder übel, es ihm nachzumachen.

Der Vater dirigierte sie aufs Holzhaus. Für viel Umherfliegen war er vorerst anscheinend nicht. Sie mußten auf dem Gesims sitzen bleiben, wurden da gefüttert, und als es dunkel wurde, führte der Vater sie auf dem Gesims weiter bis unter den Dachvorsprung, einen völlig geschützten Platz, von nirgends einzusehen. Da würde die Eule sie kaum entdecken können! Die Kinder blieben also draußen, und die Eltern kehrten ins Atelier zurück.

Mit dem Wetter hatten die Kleinen Pech, sie hatten eine Regenperiode erwischt. Aber dank des außerordentlichen Eifers des Vaters im Herbeischaffen von Nahrung überstanden sie die kritischen Tage, wenn es auch nicht gerade üppig mit der Esserei war und sie jämmerlich froren. Immerhin saßen sie dort am Holzhaus wenigstens im Trockenen.

An einem Abend nun brachte der Vater das Größte, den Hauptschreier, offenbar einen Sohn, mit. Er tat es nie mehr, denn diesem Flegel war selbst er nicht gewachsen. Der freche Kerl blieb nämlich keineswegs im Küchenflur, wie sein Vater sich das gedacht hatte, sondern drang prompt ins Atelier ein, belästigte seine Eltern auf dem Draht auf das ungezogenste und schrie, daß es nur so eine Art hatte. Sie wurden nicht fertig mit ihm und ergriffen schließlich die Flucht vor diesem wahren Wechselbalg von einem Kind. Mein Mann, der vorzeiten der eigentliche Inhaber dieses Zimmers gewesen war, hatte schon längst entsetzt das Weite gesucht. Die Mutter rettete sich auf eine Wanddose der Telefonleitung, der Vater auf den Goethe. Der Sohn behauptete den Draht und trompetete eisern weiter. Es dauerte lange, bis er heiser war und endlich Ruhe und abendlicher Friede einkehrten.

Das war einmal und nie wieder. Die Kinder blieben draußen. Die Eltern hatten von diesem einen Versuch, ein trauliches Familienleben im Haus einzurichten, mehr als genug.

Mit dem einsetzenden schönen Wetter wurde der Platz am Holzhaus mit einem Ast der Weiden vertauscht. Hier wurden die Kleinen gefüttert. Der Vater leistete immer noch die Hauptarbeit, stundenlang versorgte er sie überhaupt allein, während seine Gattin sich pflegte und herumflanierte. Von hier unternahmen sie ihre kleinen Ausflüge, hierher kehrten sie zu meinem Schrecken nun auch zum Übernachten zurück. Sicher paßte es ihnen auf die Dauer nicht, auf einem Brett zu sitzen. Vogelfüße wollen etwas haben, um das sie sich krallen können, ein Ästchen oder einen Draht. Die Angst vor der Eule begann also wieder, zumal der Ast, auf dem sie saßen, in den mondhellen Nächten sehr exponiert war.

Aber wie durch ein Wunder erspähte sie dort weder die Eule noch sonst ein Räuber. Sie wurden groß und kräftig, und das war gut so, denn die Abreise stand vor der Tür.

Da geschah wieder einmal etwas gänzlich Unerwartetes. Als am 8. September – also pünktlich nach der alten Bauernregel auf Mariä Geburt – der große Schwalbentrupp das Tal verließ, zogen die Eltern mit – die Kinder blieben da. Warum? Das ist rätselhaft. Sie waren bestimmt nicht zu schwach, konnten ausgezeichnet fliegen und suchten ihre Nahrung schon seit einiger Zeit selbst. Es war also kein Grund zu finden, warum sie nicht mitgenommen worden waren. Hatten sie vielleicht den Aufbruch verpaßt? Aber wie dem auch sei – sie waren noch vorhanden und so ziemlich die einzigen weit und breit.

Als sich eines Tages ein kleiner Nachzüglertrupp auf den Drähten sammelte, schloß sich ihnen das eine an – es war der Schreihals –, die beiden anderen, die des Abends immer ganz eng aneinandergeschmiegt saßen, wie sie das auch schon auf dem Ästchen über dem Schuhkarton getan hatten, blieben weiter da.

Es war ein wunderbarer September, warm und sonnig. Zu

essen gab es also noch genug für Schwalben, aber schließlich konnte das trotz allem auf die Dauer nicht so weitergehen.

Um den 20. September herum – ich hatte tagsüber einen durchreisenden Schwalbenverein beobachtet, der in unserem Tal Station machte – kam am Abend nur noch eins. Es war recht erstaunt, als das Geschwisterchen nicht mehr erschien. Es flog auf der Suche nach ihm noch spät herum und setzte sich sogar wieder einmal auf den Aussichtsplatz, das Holzhausgesims, um von dort besser Ausschau zu halten. Vergeblich – es blieb allein.

Mir wurde die Situation langsam unheimlich. Wollte es denn gar nicht abreisen? Jeden Tag konnte die Schönwetterperiode zu Ende sein, konnten Kälte, Regen und Schnee kommen. Schon wurden die klaren Nächte recht kühl.

Tagsüber war das Schwälbchen immer spurlos verschwunden, aber abends erschien es wieder.

Es war mir eine große Beruhigung, als ich bei einer Fahrt über den herbstlich stillen Königssee auf den Türmen von Sankt Bartholomä noch ein paar Schwalbenfamilien entdeckte. Also bestand doch immerhin noch eine letzte Hoffnung, daß das unvernünftige und unerfahrene Kind den Anschluß an eine Reisegesellschaft fand. Und wenn nicht – ja, dann war ich fest entschlossen, es nachts zu greifen und in München abzuliefern, damit es per Flugzeug Italien erreichte, wie das schon des öfteren mit Schwalben gemacht worden war.

Aber es kam doch nicht zu dieser Gewaltmaßnahme, um dem dummen Kleinen zu seinem Glück zu verhelfen. Endlich, am 30. September, blieb sein Platz im Weidenbaum leer. Es war davongezogen. Ein Sommer der Tragödien war zu Ende.

Das heißt, wenn man es sich recht besah, hatte das Unglück schon im Vorjahr mit der zweiten Brut angefangen. Von vierzehn Schwalbenkindern waren nur diese drei letzten am Leben geblieben, ein betrüblich geringer Prozentsatz. Die nächsten Jahre würden also zeigen müssen, ob die Natur für so große Verluste wieder einen Ausgleich schafft, denn diese Anzahl von Überlebenden genügte doch sicher nicht zur Erhaltung des Schwalbenbestandes, zumal ja auch die »Erwachsenen«, wie wir es bei unserem alten Schwälber und Viktor gesehen hatten, schnell dahinsterben konnten.

Wir hatten in unserem langen Winter Zeit und Muße, über diese Probleme nachzudenken und Vermutungen für das nächste Jahr anzustellen. Zunächst mußten einmal wieder unsere daheimgebliebenen gefiederten Freunde durch den Winter gebracht werden.

Die Meisen waren bald wieder vollzählig am Fenster versammelt. Als Neuling gesellte sich ein Zeisig dazu, ein lustiger, tapferer und immer hungriger Geselle. Es gab keinen Vogel, mit dem er nicht in Fehde lag.

Aber die Dompfaffen blieben aus. Was sollte das heißen? Sie konnten doch nicht ausgestorben sein. Die Bergwälder lagen längst in tiefem Schnee, dort fanden sie nichts mehr. Warum kamen sie nicht zum Futterplatz?

Des Rätsels Lösung war bald gefunden. Sie brauchten sich nicht mehr ins Tal zu bemühen. Für die notleidende Vogelgesellschaft wurde neuerdings bereits dort oben in ihren Wohngebieten an verschiedenen Futterstellen in großzügigster Weise gesorgt, nachdem ihnen schon im Frühjahr das Leben durch viele Nisthöhlen leichter gemacht worden war. Nun, unter diesen Umständen wollten wir sie gern vermissen, denn es ging ihnen ja gut, wenn auch festgestellt werden muß, daß durch die Abwesenheit der Damen Dompfaff eine gewisse Würze in dem Leben vor unseren Fenstern fehlte.

Mit dem nahenden Frühjahr wuchs unsere Spannung. Würde Hans Ortlieb den Weg zu uns zurückfinden?

Mein Mann war nicht so sehr von seinem Wiederauftauchen überzeugt, und ich glaube, er wäre ganz froh gewesen, wenn die Schwalbenwirtschaft eine Unterbrechung gefunden hätte und die »seelische Belastung« für mich weggefallen wäre.

Ich neigte mehr zu der Ansicht, daß dieser neue Schwälber, der sich seinen Einstand in unser Haus so ausdauernd und gegen meinen Willen erkämpft hatte, wieder erscheinen würde.

»Aber nicht mehr in mein Atelier«, erklärte mein Mann, »er ruiniert mir ja doch auf die Dauer alles!«

Wie sollte das aber zu vermeiden sein, ohne ihn zu beleidigen und seine ohnehin schlechte Meinung von uns noch zu verstärken?

Einen Versuch konnten wir ja unternehmen, um ihm das Atelier abzugewöhnen. Der Anziehungspunkt war dort erwiesenermaßen der Draht. Wenn wir ihm nun einen Draht im Flur anböten? Vielleicht wäre er damit auch zufrieden? Wir spannten also quer durch den Küchenflur, knapp unter der Decke, einen ebensolchen umsponnenen Lichtdraht.

So, nun würde sich ja herausstellen, ob wir langsam etwas von Schwalben verstanden oder nicht. Aber es war ja erst März, also noch fast zwei Monate Zeit bis zur Schwalbenankunft. So dachten wir – und wir dachten wieder einmal falsch.

Am 9. April umkreiste eine Schwalbe das Haus. Das konnte doch kaum möglich sein! Aber es war keine Täuschung. Ich machte die Verandatür auf, keine drei Minuten vergingen, und auf dem Draht im Küchenflur saß ein müdes Schwälbchen und putzte sich. Nach einer kurzen Ruhepause unternahm es eine kleine Stippvisite ins Atelier. Der letzte Zweifel schwand – es war Hans Ortlieb.

»Na«, sagten wir, »du hast's aber eilig gehabt. Was willst du denn schon hier? Hattest du vielleicht Angst, ein anderer käme dir zuvor, würde dir die feine Wohnung wegschnappen?«

Was Hans Ortlieb betraf, so gab er keine diesbezüglichen Erklärungen ab. Er war da, damit war für ihn der Fall geklärt, und das mußte auch uns genügen.

Seinen alten Stammplatz im Atelier tauschte er schon am ersten Abend gegen einen neuen auf dem Draht im Küchenflur ein. Dort saß er nun, und zwar unmittelbar an der Wand zur Küche, sehr zufrieden und mit sich selbst im Einklang, wie das so seine Art war.

An diesem Abend schlossen wir offiziell Frieden mit ihm. Unter seine Vergangenheit wurde ein Strich gemacht, Viktors Tod sollte ihm nicht mehr nachgetragen werden. Er wurde von nun an als unser neuer Hausschwälber mit allen dazugehörigen Rechten anerkannt. Auch einen anderen, ehrenvollen Namen bekam er: »Gabriel«, nach dem Erzengel, beflügelter und streitbarer Wächter unserer Schwelle. Er seinerseits schien auch seinen Argwohn gegen uns, speziell gegen mich, aufgegeben zu haben. Er gestattete, daß ich mich mit ihm unterhielt, saß überall herum, mit Vorliebe aber auf dem neuen Draht, und wir waren sehr geschmeichelt und befriedigt, daß unsere Idee solchen Anklang gefunden hatte.

Zunächst war und blieb er aber tatsächlich die einzige Schwalbe in der ganzen Gegend. Er begann zwar den Tag mit großen Gesängen, segelte mit lautem Gezwitscher in der Runde, aber von einem Artgenossen war nichts zu sehen, und so konnte er auch keine Frau finden, wonach sich sein Herz bereits zärtlich sehnte. Mit dem Wetter hatte er anfänglich

Glück. Es war ungewöhnlich warm und schön für diese frühe Jahreszeit. Er fand sein Futter, er brauchte nicht zu frieren, er langweilte sich nur ein bißchen, so ganz allein.

Nach zwei Wochen gab es einen Rückfall in den Winter, und unser Schwälber verschwand. Wohin? Wir hatten keine Ahnung. Am dritten Tag, als der Föhnsturm den Wetterumschlag brachte, war er prompt wieder da. Eine Auskunft darüber, was er inzwischen getrieben hatte, war von ihm nicht zu erlangen, und wir stellten wieder einmal fest, daß es immer neue Rätsel gab und wir nie auslernen würden und auch nie auslernen konnten. Der Abstand zwischen unseren Sphären war unüberbrückbar groß.

So kam der Mai, und immer noch war keine Schwalbe außer unserem voreiligen Genossen zu sehen. Der wurde mit jedem Tag unruhiger. Eines Abends – es war bereits der 14. Mai – blieb er aus. Ein triftiger Grund war nicht so ohne weiteres zu finden. Das Wetter war schön, ich hatte ihn auch am Nachmittag noch gesehen. Oder war er doch verunglückt? Oder fortgezogen, weil er hier so allein blieb?

Nichts von alledem! Am nächsten Morgen war das Tal voll neuangekommener Schwalben, mitten unter ihnen mit großem Gejubel unser Freund, und schon am Vormittag bat er eine Dame in den Küchenflur und sagte ihr Liebenswürdigkeiten.

Sie war sichtlich müde, gähnte und reckte sich, und wir bemühten uns, sie möglichst wenig zu stören und zu erschrecken. Er brachte es erstaunlicherweise fertig, daß sie schon die erste Nacht, wenn auch etwas ängstlich, bei ihm auf dem Draht verbrachte.

Sie war bestimmt noch in keinem der Jahre vorher in unserem Haus gewesen, es war ihr neu und fremd. Wir konnten also feststellen: derjenige, der immer wiederkehrte, war der Mann. Er führte dann eine Frau ein, und es war bis jetzt in jedem Jahr eine andere gewesen.

Der Mann hatte also gewissermaßen die Verpflichtung, ein

Heim zu bieten als Grundlage zur Ehe. Fast das gleiche hatten wir übrigens auch bei anderen Vögeln, zum Beispiel den Meisen und Rotschwänzchen, beobachtet. Die Initiative hatte immer »er«. Er saß zunächst allein singend vor einem Nistkasten oder an einer für den Nestbau geeigneten Stelle und machte Propaganda für diese Wohnung. Dann erst trat »sie« in Aktion, besah sich den Mann und prüfte die Unterkunft, die er ihr zu bieten hatte. Nur blieben dort in vielen Fällen – so bei den Sumpfmeisen im Zwetschenbaum und bei »Besitzers« im Nußbaum – die Pärchen jahrelang zusammen. Bei unseren Schwalben aber gab es jedes Jahr, was die Gattin betraf, eine neue Konstellation. Ob das nun die Regel, Absicht oder Zufall war, das würde sich mit einiger Sicherheit wohl erst im Laufe weiterer Jahre herausstellen.

Jedenfalls kannten wir die neue Liebe unseres Schwälbers noch nicht. Sie war eine nette kleine, etwas pummelige Frau, die sich bald an uns gewöhnte, das Verhältnis legalisierte und unseren großen, schönen Schwälber heiratete. Ihr gefiel wieder mal das Nest auf dem Ofenrohr am besten, und obwohl meiner Ansicht nach eine Reparatur nötig gewesen wäre, denn es war durch die Hitze des Rohrs im Winter recht mürbe und brüchig geworden, übernahm sie es so, wie es war. Kein Federchen, kein Hälmchen, nichts Neues kam hinein, sie schien für spartanische Einfachheit zu sein. Tüchtig war sie auch. Sie legte prompt fünf Eierchen und betrieb das Geschäft des Brütens mit dem nötigen Ernst und großer Konzentration.

Ihr tatkräftiger Mann hatte in dieser für sie so beschaulichen und ruhigen Zeit viel zu tun. Der Falke entwickelte sich leider zu einer wahren Landplage. Fast täglich war großer Schwalbenalarm, wenn er auf seinen schlimmen Raubzügen in unser Tal einfiel. Ganze Schwalbengeschwader gingen zum Angriff auf ihn vor, und manches Schwälbchen rettete sich nur unter Aufbietung aller seiner blitzschnellen Flugkünste vor seinem Zustoßen und dem sicheren Tode. Unser Schwälber war, wie schon im Vorjahr, einer der Hauptkämpfer, ein Posten, zu dem er durch seine vollendete Beherrschung aller fliegerischen Möglichkeiten, seine ungeheure Schnelligkeit und seinen nie versagenden Mut aufs beste geeignet war.

Für den weiteren Sommer, wenn erst die jungen Schwälbchen überall auf den Dächern und Drähten saßen, waren das aber doch recht betrübliche Aussichten, da würde wohl so manches von dem Räuber geholt werden, und das war um so unerfreulicher, weil es ja in diesem Jahr überhaupt auffallend wenig Schwalben gab. Ihre Zahl war durch die für die Aufzucht der Jungschwalben sehr ungünstig liegenden Schlechtwetterperioden der letzten Jahre schon erheblich zurückgegangen, und zudem waren diesmal anscheinend viele von der Reise nicht zurückgekehrt. Das traf nicht nur für die Rauchschwalben in den Häusern, sondern fast noch mehr für die kleinen Mehlschwalben unter den Dächern zu. Bei unserem Nachbarn, wo es noch vor zwei Jahren in den vierundzwanzig Nestern nur so gewimmelt hatte, waren dieses Jahr nur einige wenige Nester bewohnt. Der Falke hatte uns also zu unserem Glück gerade noch gefehlt!

Zunächst aber krochen unsere fünf Kleinen erst einmal pünktlich aus den Eiern, und wie immer waren darob das Glück und die Freude der Eltern groß. Die Mutter war vorläufig mehr für Warmhalten als für Füttern, der Vater schleppte aber mit gewohnter Tatkraft und Gründlichkeit sofort Futter in Mengen herbei – er war für tüchtig essen. Wieder verbrachte die Mutter während der ersten Woche die Nacht bei ihren Kindern. Erst dann zog sie zu ihrem Gatten auf den Draht. Aber sosehr er sie auch liebte, auf seinen Platz nahe der Küchenwand durfte sie nicht. Das war sein Vorrecht. Dort thronte er, auf den Zentimeter genau an derselben Stelle, Abend für Abend in würdevoller Haltung, jeder Zoll ein Familienvorstand.

In die Erziehung teilten sich die Eltern bestens. Die Mutter übernahm das körperliche Wohl, also auch die Sauberkeit und die Erziehung dazu – das System mit der direkten Abholung und Hinausbeförderung der Kleckse klappte wieder ausgezeichnet –, und der Vater war, abgesehen von seinen wirklich großen Leistungen im Füttern, mehr für die geistige Fortbildung verantwortlich. So lehrte er seine Sprößlinge beispielsweise, sich ganz klein hinter den Nestrand zu ducken, wenn er Warnungsschreie ausstieß, und das tat er grundsätzlich immer dann, wenn ihm irgend etwas fremd oder bedrohlich erschien. Wie von einer Strippe gezogen, tauchten dann die Köpfe der Kleinen unter, um erst bei einem anderen Signal oder dem Fortgang der Fütterung wieder sichtbar zu werden.

So wuchsen sie heran. Der Himmel meinte es gut mit ihnen, die Sonne schien, sie waren stets vergnügt, lebenslustige kleine Geschöpfe. (Gegen Ende der dritten Woche, wenn sie eng nebeneinander auf dem Nestrand saßen, sahen sie zu komisch aus. Mit ihren weißen Brüstchen glichen sie Herren im Frack in einer Theaterloge.)

Der Ausflugstermin nahte, und damit wir nicht etwa auf den Gedanken kommen konnten, den Herrschaften fiele nicht immer mal wieder was Neues ein, überraschten sie uns mit einer anderen, bisher noch nicht angewandten Methode.

Der Vater hielt einleitend eine Ansprache an seine Kinder, und dann machte er ihnen vor, wie man vom Nest auf den Draht fliegen konnte. Nur bis auf den Draht! Die Mama beteiligte sich an dem Unterricht, und sie tat das ganz augenscheinlich nach den Anweisungen und Richtlinien ihres Mannes. Die Kleinen, von ihrem Vater bestens zur Folgsamkeit erzogen, entschlossen sich auch bald zur Überwindung dieser zwei Meter Luftraum, und so saßen sie ziemlich umgehend alle zusammen auf dem Draht und kamen sich sehr kühn und wichtig vor. Alle redeten gleichzeitig, alle freuten sich, der Vater kommandierte und organisierte, die Mutter war auch zufrieden – und wir konnten nur staunen. Denn die Sache entwickelte sich auch völlig neuartig weiter.

Es ging bald im Küchenflur etwa so zu wie auf der Hauptprobe zu einem Turnfest, so eifrig und unermüdlich wurde geübt. Alle marsch, marsch auf den Draht! Alle zurück ins Nest! Alle wieder auf den Draht! Alle auf die Tür! Zurück auf den Draht! Alle durch die Veranda hinaus, einmal rund um den Tannenbaum und wieder herein!

Nie blieben sie längere Zeit draußen, nie durften sie sich draußen irgendwo hinsetzen. Gesessen, gegessen und geschlafen wurde nur im Küchenflur auf dem Draht. Der Vater auf seinem Eckplatz, die fünf nebeneinander und die Mama in einigem Abstand davon. Es war wirklich ein erfreulicher Anblick, diese vollzählige Familie. Die Kleinen waren ganz gleichmäßig entwickelt, tadellose, reizende Schwälbchen. Ulkigerweise war eins wieder einmal ein Tuttelchen. Dieselbe merkwürdig waagerechte Haltung, der eingezogene Kopf und das außerordentliche Talent für den begehrten Mittelplatz.

Aber was bedeutete das neue Erziehungssystem? Im vorigen Herbst hatte der Vater seine Kinder doch zum Holzhaus gebracht, also sofort hinaus. Warum machte er es diesmal so ganz anders? Am Wetter lag es nicht, das war ausgesprochen schön. War es der Draht und die durch seine Anbringung geschaffene Möglichkeit, alle bequem und übersichtlich zu placieren? Sonst wüßte ich nur noch eine Erklärung, und die ist auch nur eine vage Vermutung: die durch den Falken drohende Gefahr. Ich könnte es unserem intelligenten und mißtrauischen Schwälber schon zutrauen, daß er deshalb die Kleinen nicht hinaustat, sie zwar draußen unter seiner Aufsicht fliegen, aber nie niedersitzen ließ. Aber wie dem auch sei, er erreichte auf diese Art, daß seine Familie einen festen Zusammenhalt hatte, er im wahrsten Sinne des Wortes das Oberhaupt war und keinem etwas zuleide geschah. Auch als dann weite Tagesausflüge unternommen und die Kinder selbständig wurden, kehrten alle am Abend heim.

Da waren wir nun auf eins gespannt: Wie würde sich die Situation entwickeln, wenn die zweite Brut unterwegs war?

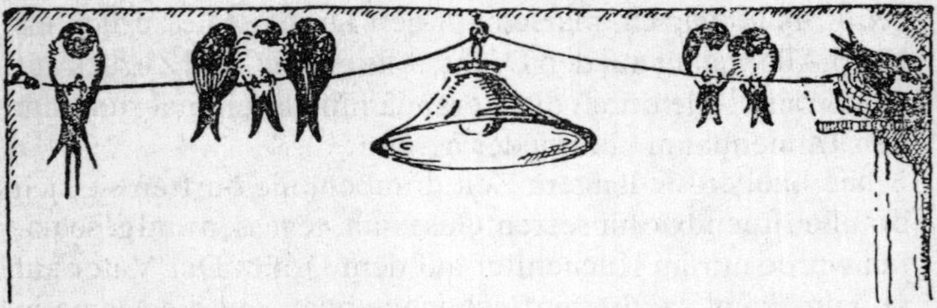

Zu unserer Verblüffung bis auf weiteres so, daß die Mama friedlich auf wiederum fünf Eiern in dem Nest auf dem Brettchen saß – an dem sie auch nicht das mindeste frisch gerichtet hatte –, die fünf großen Kinder Abend für Abend wie die wilde Jagd auf dem Draht einfielen, die Mama im Nest aber keineswegs belästigten und der Vater stolz und zufrieden seinen Stammplatz innehatte. Auch als die neuen Kleinen auskrochen, änderte sich nichts an dieser Lebensordnung. Die Eltern kümmerten sich ausschließlich um die Jüngsten, die gewissenhaft betreut wurden, während die älteren Geschwister in der Gegend herumschwärmten, und am Abend waren dann alle vereint.

Wir hatten also glücklich zwölf Schwalben verschiedenen Alters im Küchenflur, und mein Mann erkundigte sich ernsthaft und ganz formell bei mir, wie ich mir die Weiterentwicklung dieser Vogelhecke – in Freiheit dressiert – im Laufe der nächsten Jahre vorstellte. War das nun nett von ihm oder auch nur tierlieb? Ich finde: nein.

Aber als der Tag herannahte, an dem die Kleinen flügge werden sollten, fand es ihr Vater doch an der Zeit, daß seine großen Kinder sich nach einer anderen Bleibe umsahen, und als sie auf seine Aufforderung, das Feld zu räumen, nicht so ohne weiteres reagierten, half er mit kräftigen Schnabelhieben nach. Er mußte sich ordentlich ins Zeug legen, um seinen Willen durchzusetzen. Er hatte einen schweren Stand gegen die vereinigte Kraft seiner fünf Ältesten, die alle sichtbar seinen Kampfgeist als gute Erbmasse mitbekommen hatten. Nach und nach gelang es ihm aber doch, sie zu vertreiben. Die Armen! Sie begriffen gar nicht, warum sie nun auf einmal nicht mehr die Nacht im sicheren Hort verbringen durften.

Vier blieben fort, aber an Nummer fünf, dem Tuttelchen, scheiterte er.

Tuttelchen kam beharrlich wieder, zog den Kopf ein und bezog mit sturem Gleichmut seine Prügel. Es wurde dreimal im Laufe einer Viertelstunde hinausgeworfen und kam dreimal wieder herein, bis es schließlich zu spät wurde, um den Kampf fortzusetzen. Tuttelchen behauptete das Feld und damit seinen Platz auf dem Draht. Als dann der Vater mit den weiteren fünfen alle Hände voll zu tun hatte, um auch sie gut zu erziehen und zu perfekten Fliegern auszubilden, denn die Abreise nahte ja schon wieder, da ließ er Tuttelchen Tuttelchen sein, und es hatte somit seinen Kopf durchgesetzt.

Leider kam jetzt wieder eine wenig sympathische Unruhe ins Haus, und zwar in Gestalt eines wahrhaft überlebensgroßen fremden Schwälbers, der mit aller Gewalt auch einen Platz im Küchenflur beziehen wollte. Bald fanden, besonders des Abends, die wildesten Schlachten statt. Der Fremde war entschieden der Stärkere, aber das war für unseren Schwälber kein Grund, die Partie verlorenzugeben. Er kämpfte unverdrossen.

Ich war wenig begeistert von dieser Störung unseres so friedlichen Lebens, und es war mir gar nicht wohl bei dem Gedanken, daß sich das traurige Erlebnis des Vorjahres mit einem besiegten Hausschwälber wiederholen könnte. Sie rauften ungeheuerlich, prallten gegen die Wände, stürzten, ineinander verbissen, zu Boden, rafften sich wieder auf, saßen erschöpft nebeneinander auf dem Draht – und begannen von neuem. Die Kleinen schrien, die Frau kauerte angstvoll im Nest. Es war alles andere als ein beschaulicher Feierabend.

Wenn ich dann meine kleine Schar glücklich zur Nacht im Hause hatte und eilends zusperrte, um dem Tumult ein Ende zu machen, dann umkreiste der Fremde noch bis zur völligen Dunkelheit das Haus und flog unermüdlich gegen die verschlossene Verandatür an. Wochenlang ging es so, dann schien er es doch langsam aufzustecken oder auch vielleicht durch den heranrückenden Reisetermin auf andere Ideen zu kommen.

Von der zweiten Brut hatten sich zwei recht bald selbständig gemacht und gingen ihre eigenen Wege. Aber in den Tagen vor der Abreise trudelten doch gegen Abend immer sieben bis acht Junge mit den Alten ein, und alle begaben sich im Küchenflur zur Nachtruhe.

Doch nun brachen ganz andere Sorgen über uns herein.

An einem der letzten Augusttage dieses Jahres stand ich des Morgens früh vor fünf Uhr in der offenen Haustür, blind für den strahlenden Tag, der wolkenlos blau heraufzog, blind für das Meer von blühendem Phlox, Astern und Dahlien, die in einem wahren Farbenrausch den langen Gartenweg umsäumten – ich sah nur meinen Mann, der, ein kleines Köfferchen in der Hand, den Weg zur Gartentür ging. In dem Köfferchen war ein bißchen eilends zusammengeraffte Wäsche, Wollsachen, ein Buch und ein paar Bilder; die schweren Bergschuhe hatte er an den Füßen. Vor zwei Stunden waren wir durch lautes Klopfen aufgeschreckt worden, ein Papier wurde abgegeben, und nun ging er fort, fort in den Krieg, zum Gartentor hinaus, draußen am Bach entlang, den schmalen Pfad hinauf über den kleinen waldigen Hügel – und sah sich nicht ein einziges Mal um.

Da stand ich nun, und das letzte, was ich denken konnte,

war: Wie ist das möglich, wie kann man das aushalten, was kann ich tun, damit ich es aushalten kann? Ins Haus zurückgehen, die Schränke, die Schubladen aufräumen, aus denen das Nötigste herausgesucht worden war, das Kaffeegeschirr von der letzten Tasse Kaffee spülen? Nein, das war alles unmöglich. Nur nicht in das Haus zurück, in die verlassenen Zimmer! Doch da, hinter dem Holzhaus, lag ein Riesenhaufen Holz, gestern war der Holzschneider dagewesen und hatte ein paar Klafter Holz kleingeschnitten, das mußte im Holzhaus aufgestapelt werden, je eher, je besser.

Und so fing ich an, Holz zu tragen und Holz zu setzen, den ganzen Tag lang, bis ich am Abend todmüde war. »Ach, ihr Schwälbchen«, sagte ich zu der kleinen Schar, als ich bei ihnen im Flur stand, um die Tür für den Abend zu schließen, »ach, ihr kleinen Schwälbchen, wenn ihr wüßtet, wie es mir zumute ist. Aber ihr wißt es nicht, und es wird nicht mehr lange dauern, und ihr verlaßt mich auch.«

Und so war es. Obwohl der Herbst sich sommerlich heiter und warm anließ, geschah es doch schon am 8. September, daß unser Schwälber noch einmal singend das Haus umkreiste. Es war sein Abschied. Am Abend lag der Flur still und verlassen. Sie waren zusammen davongezogen, und mit ihnen alle anderen im Tal.

Einen Monat später wurde es recht kalt, und kurz darauf begann ein langer und harter Winter. Mit dem November kam der Schnee. Immer mehr und mehr fiel vom grauen Himmel und legte sich wie eine geschlossene Decke über das Land. Das Thermometer sank und sank, Schneestürme brausten und heulten tage- und nächtelang durch das Tal, verhüllten die Berge, und nur ganz selten bekamen wir einmal die Sonne zu sehen, die uns doch sonst im Winter in den Mittagsstunden so beglückt.

O wie einsam war dieser Winter, wie einsam, allein in dem alten Haus, den Kopf voll trüber Gedanken, als Gesellschaft nur den Hund, der mit seinen sechzehn Jahren auch kein fröhlicher Genosse mehr war, still am Ofen lag und die Zeit verschlief. Nur wenn ich hinausmußte in den Schnee, Schnee schippen, den Weg durch den Garten ausschaufeln bis zur Straße hinaus, die keine Straße mehr war, sondern nur eine schmale Trappelspur, von den Schulkindern jeden Morgen neu getreten, oder bis zum Holzhaus, um das Brennmaterial ins Haus zu schleppen, dann wurde er lebendig. Dann flammte seine alte Begeisterung für den Schnee wieder auf, dann erinnerte er sich wohl der schönen Zeiten, als er mit Herrchen und Frauchen zum Schifahren auszog, einer der größten Freuden, die es in seinem Hundedasein gab. Dann fiel ihm auch seine Winterarbeit wieder ein, die Herstellung eines kunstvollen eigenen Wegesystems durch das ganze Grundstück, denn wie sollte ein richtiger Hund monatelang ohne seine Bäume auskommen und ohne die Möglichkeit, eine genaue Kontrolle über seinen Garten auszuüben? Und so machte er sich tapfer daran, wenigstens Stichgräben von meinem geschaufelten Weg in das Gelände hineinzutreiben, und wir beide wären wohl ein köstlicher Anblick für jeden Menschen gewesen, wenn wir, atemlos und nun selbst dick verschneit, eine Schnaufpause in unserer Wühlarbeit einlegen mußten, er mit weit heraushängender Zunge, ich Nase putzend und die kalten Backen reibend.

Aber es kam ja niemand, für den wir eine Erheiterung gewesen wären, und den Weg schaufelte ich doch nur für die Briefträgerin, die zur Hauptperson in meinem Leben geworden war. Irgendwo in der fremden Welt zog ihr Mann als Gebirgsjäger jeden Tag weiter und weiter von der Heimat fort, und sie stapfte tapfer jeden Tag bergauf, bergab mit der ersehnten Post von Haus zu Haus, und wenn man die Kilometer, die sie im Kreis lief, aneinandergereiht hätte, dann hätten sie wohl eines Tages auch bis nach Norwegen oder Rußland oder Kreta gereicht.

Unseren Vögeln ging es ganz schlecht. Monatelang fanden sie nichts in den verschneiten und vereisten Wäldern, sie waren mehr denn je auf die Fürsorge der Menschen angewiesen. Fünfzig Kohlmeisen, ganz abgesehen von allen anderen Meisenarten, Buchfinken und Bergfinken, Amseln und Drosseln waren durchschnittlich unsere Gäste. Bitterlich frierend, dick aufgeplustert, kauerten sie auf ihren Füßchen. Jeder fröhliche Krakeel und Streit um das Futter hatte aufgehört. Jeden Morgen erschien es mir als neues Wunder, daß sie wieder eine lange, eisige Nacht überstanden hatten. Am muntersten waren noch die winzigen Blaumeisen. Sie sehen so zart und zerbrechlich aus. Unfaßbar, woher sie die Widerstandskraft im Ertragen solcher Kälte nehmen.

Auch ein Eichhörnchen erschien wieder täglich, und wieder waren Semmeln seine ganze Begeisterung.

Völlig unklar blieb mir lediglich, wovon eigentlich der Zaunkönig lebte, der seit Jahren in unserem Garten herumgeisterte, so entzückend sang und mit Vorliebe im Holzhaus auf dem Fahrrad meines Mannes übernachtete. Nie habe ich ihn an der Futterstelle auf dem Fensterbrett gesehen, auch nie bei der Nachlese unter den Büschen, auf denen die Meisen die Sonnenblumenkerne und den Hanf aufknackten, was hingegen wieder die besondere Spezialität der Buchfinken und Bergfinken war.

Bald wurde es mit dem richtigen Futter knapp, und das Ersatzfutter mochten sie nicht. Bestenfalls die weniger heiklen Bergfinken pickten ein bißchen davon. So wurde man langsam erfinderisch. Gehackte Nüsse, Margarine, Rinderfett, trockener Kuchen, alles kam der Reihe nach dran, denn wir konnten doch unsere Vögel nicht verhungern lassen. Wenn es irgendwo richtiges Vogelfutter gab, sprach sich das schnell herum. Bald war es wieder ausverkauft. Aber immerhin, ein paar Tage waren wieder gewonnen. Und so brachten wir, wenn auch mit einigen persönlichen Einschränkungen, unsere Vögel durch diesen wahrhaft sibirischen Winter.

Wie glücklich waren wir, als endlich in den letzten Märztagen der erste schüchterne Amseltriller, das erste lockende

Tschim-tschim der Meisen erklang, als sich herausstellte, daß es tatsächlich noch eine Sonne gab.

Es lag noch Schnee im Garten, als die Bachstelzen eintrafen, und auch die durchreisenden Rotkehlchen hatten nur ein paar braune Erdflecken im Gemüsegarten, die sie auf etwas Eßbares untersuchen konnten.

Aber siehe da, die Amseln, die sich immer als erste im Frühjahr zum Nestbau entschließen, fanden es seit vielen Jahren einmal wieder im Holzschuppen schön. In einer Ecke, über dem Rest meines mit so kummervollem Herzen aufgesetzten Holzes, bauten sie ihr Nest. Die nächsten waren die Sumpfmeisen im Zwetschenbaum, die sich zu Hochzeit und Kindersegen entschlossen; aber diesmal traf sie ein harter Schlag. Das große Wiesel, seit Jahren in unseren Wiesen zu Hause und unser bester Verbündeter im nie endenden Kampf gegen die Mäuse – und wie hübsch war es, wenn es im Winter, selbst schneeweiß, auf der glitzernden Schneefläche tanzte –, brach zum erstenmal den bisher gehaltenen Burgfrieden und räumte das Sumpfmeisennest aus.

Ich wurde erst aufmerksam, als es nichts mehr zu retten gab. Die Kleinen waren schon gefressen oder zur Fütterung der eigenen Kinder weggeschleppt worden. Die Sumpfmeiseneltern verließen den Garten, und wir hofften nur, daß sie im Winter zum bekannten Fenster wiederkehren und bis zum nächsten Frühjahr vielleicht vergessen würden, daß hier diesmal ihre Kleinen so grausam zugrunde gingen.

Es war am Nachmittag des 15. April, eines der ersten wirklichen Frühlingstage, als unser Schwälber erschien. Wieder war er der erste, die einzige Schwalbe weit und breit, die lebende Illustration zu dem Vers von der »einen Schwalbe, die noch keinen Sommer macht«. Ich weiß nicht, ob er den weiten Flug allein zurückgelegt hatte, ob er über die noch völlig verschneiten, winterlich kalten Alpen geflogen war oder ob er die großen Ebenen und Flußtäler Südosteuropas und Österreichs durchquert hatte. Jedenfalls hatte er den Weg gefunden und überstanden. Er war nach Hause gekommen.

Ach, dachte ich, vielleicht kann ich seine Wiederkehr als ein gutes Zeichen nehmen. Der schlimme, einsame Winter ist überstanden, nun geht es in das Frühjahr und den Sommer hinein, da sieht alles wieder ein bißchen besser und hoffnungsvoller aus. Vielleicht dauert der Krieg doch nicht so lange, vielleicht hört doch auch das Soldatsein für meinen Mann einmal wieder auf, irgendeiner beim Militär muß ja doch schließlich darauf kommen, daß er nur aus Versehen Soldat ist, daß er schon im Ersten Weltkrieg so schwer verwundet war, daß man ihn für den Rest nach Hause schickte. Und wirklich, er kam zurück, als bei den Schwälbchen wieder Familienglück herrschte, als unser Schwälber in Gemeinschaft mit einer netten Frau fünf Kinder großgezogen hatte, die gerade vor dem ersten Ausflug ins Freie standen. Wie glücklich war ich! Wie froh war mein Mann, wieder hier zu sein!

Da griff das Unglück aus heiterem Himmel wieder nach den Schwalben. Als Frau Schwälbchen mit den fünf Kleinen am zweiten Ausflugstag allein zurückkehrte und es später und später wurde, ohne daß unser Schwälber kam, da war mir sofort klar, daß hier wieder einmal ein Unglück geschehen sein mußte. Aber was konnte sich ereignet haben? Hatte ihn der Falke, der wieder die Gegend unsicher machte, doch einmal erwischt? Hatte ihn der große Schwälber mit dem auffallend langen Schwanz vom Vorjahr, mit dem er seit ein paar

Tagen wieder Kämpfe austrug, erledigt? Oder war er einfach gestorben? Gestorben, weil er halt sterben mußte?

Es war schon dämmrig, als ich ihn zufällig entdeckte. Er saß auf dem geöffneten Fenster des Flurs im ersten Stock, an einem Platz, auf dem er sonst nie gewesen war. »Schwälbchen«, sagte ich. Er drehte den Kopf nicht wie sonst zu mir. Seltsam ruhig saß er da, der Wand zugekehrt, zweifellos krank.

»Schwälbchen«, sagte ich noch einmal. Da rückte er, matt und müde, noch mehr in die Ecke. Dort saß er nun, ganz still in sich versunken und schon sehr fern. Draußen auf dem Nußbaum sang im letzten Dämmern des Tages die Amsel ihr schönes Abendlied, unten im Küchenflur kuschelten sich auf dem Draht die fünf zum Schlafen zusammen und machten noch ein bißchen ahnungslosen, fröhlichen Lärm. Frau Schwälbchen, beunruhigt und verstört, nahm schließlich den altgewohnten Platz ihres Mannes ein, während sich unser Schwälber mit dem selbstverständlichen und etwas beschämenden Anstand des Tieres zum Sterben anschickte. Auch ich wollte ihn nun nicht mehr stören. Vorsichtig schloß ich den Fensterladen und ließ ihn allein im gewohnten ruhigen und vertrauten Dunkel des Hauses.

Gegen Mitternacht lag er dann tot auf dem Teppich.

Und nun sah ich, daß er eine tiefe Wunde hatte. Die weißen Federchen am Bauch waren blutdurchtränkt. Er hatte also mit dem großen Schwälber wieder um Haus und Nest und Frau gekämpft und war unterlegen.

Vor genau zwei Jahren hatte er sich kämpfend den Einzug ins Haus erobert, und heute hatte ihn das Schicksal Viktors bei der Verteidigung seiner Heimat selbst getroffen.

Aber wohl mit seinen letzten Kräften war er ins Haus zurückgekehrt. Nicht in den Küchenflur zu seiner Familie – denn beim Sterben wollte er allein sein –, aber in das Haus. Er wußte keinen ruhigeren und sichereren Platz, an dem er das Ende erwarten konnte.

Unter dem großen Tannenbaum, den er täglich so oft umkreist hatte, dem ehrenvollsten Platz, den wir zu vergeben haben, wurde er begraben. Drinnen im Küchenflur sang zum erstenmal unangefochten der Sieger, der große Schwälber. Aber die Hälfte seines auffallenden Schwanzes hatte ihn der Sieg gekostet, und da ich ja durchaus Partei war, tröstete es mich ein wenig, daß sich unser Schwälber so tapfer gewehrt und ihm solch einen Denkzettel hinterlassen hatte.

Wieder einmal standen wir vor der Notwendigkeit, uns damit abfinden zu müssen, daß ein Schwälber bei der Verteidigung seiner einstmals selbst erkämpften Heimat besiegt und gestorben war und daß der Sieger in das Haus einziehen würde.

So dachten wir, und es war eine glatte Rechnung, selbstverständlich und voll menschlicher Logik. Da bewies uns Frau Schwälbchen, daß wir völlig falsch dachten, daß wir, auch nach einer sechsjährigen häuslichen Gemeinschaft mit den Schwalben, noch immer viel zu dumm waren, einfach zu dumm. Als sie nach einem sicher arbeitsreichen Tag ihre lebhaften fünf wohlbehalten auf den Draht verfrachtet hatte, flog sie noch einmal hinaus und kehrte mit einem uns völlig fremden jungen Mann zurück. Auf ihre Aufforderung nahm er an ihrer Seite auf dem Draht Platz. Der große Schwälber, der Sieger, wurde nicht mehr gesehen.

Und wie benahm sich die junge Witwe, die Mutter von fünf keineswegs selbständigen Kindern, weiter?

Sie, die sich um den imponierenden Sieger nicht im geringsten gekümmert hatte, ging Hals über Kopf die Ehe mit dem »jungen Mann« ein; nur aus einem letzten Rest von Anstand und Pflichtbewußtsein schien sie sich der Mühe zu unterziehen, ihre fünf Kinder darauf aufmerksam zu machen, daß das Futter seinerseits auch in der Luft herumfliegt und man es dort einfangen muß. Zu ihrem Glück waren die Kleinen intelligente Kinder und begriffen schnell, denn ihre Mama kümmerte sich nach ein paar Tagen nicht mehr um sie, sondern beschäftigte sich mit Eierlegen im Nest über der Ateliertür. Seltsamerweise störte es den frischgebackenen Ehemann nicht, daß die Stiefkinder des Abends hereinkamen, er ging erst gegen sie vor, als er jeden Tag mit eigenem Familienzuwachs rechnen mußte, auf den er offenkundig gespannt wartete.

Es wurde ein harter Kampf, denn die fünf Kinder waren ja inzwischen recht groß und kräftig geworden und keineswegs gewillt, sich von diesem hergelaufenen Mann, der sie nichts anging, aus dem Haus werfen zu lassen. Schließlich gaben zwei von ihnen das Rennen auf, sie kamen nicht mehr. Die drei anderen jedoch räumten zwar den Flur, siedelten sich aber auf der Veranda an. Da saßen sie jeden Abend auf dem Querbalken, komischerweise nicht etwa nebeneinander, sondern streng symmetrisch, eines genau in der Mitte, eines zwei Meter rechts davon in der Ecke, das andere zwei Meter nach links – die Architektenatmosphäre hatte sie sichtbar beeinflußt.

Im Flur wuchs die zweite Brut, vier brave, gesunde Kinder, heran. Und es war eine so ruhige, aufregungslose, selbstverständliche Angelegenheit, daß sie schon fast zu gutbürgerlich-unproblematisch für unser Haus war. Die ganze Familie blieb bis Mitte September, dann gingen alle gemeinsam auf die Reise.

Aber auch unser Hund verließ uns. Nach sechzehn Jahren,

die nichts als Liebe und Treue und Freundschaft gewesen waren, ging er in den Hundehimmel ein. Gewiß, es geschahen viel schrecklichere Dinge in diesen Zeiten, der Krieg ging weiter, grausam und erbarmungslos, in manchem der Nachbarhäuser war schon die Trauer eingezogen, und auch zu uns brachte die Briefträgerin eine schlimme Botschaft nach der anderen. Aber jeder Mensch, der einmal in seinem Leben einen Hund besessen hat, ihn liebte und von ihm geliebt wurde, weiß, welche Lücke der vierbeinige Freund hinterläßt, wie leer auf einmal ein Haus ohne ihn ist, wie viele Tage man noch in alter Gewohnheit nach der Leine greift, die am Kleiderhaken hängt, um ihn zum Spaziergang mitzunehmen, wie oft man noch an die Haustür läuft, weil man geglaubt hat, das zweimalige kurze Kratzen zu hören, durch das er seinen Wunsch, hereingelassen zu werden, anmeldete.

Nun teilen sich die Hundebesitzer ja in zwei streng geschiedene Gruppen.

»Nie mehr einen Hund«, sagen die einen. »Ein Hundeleben ist zu kurz. Immer wieder den Verlust ertragen – nein, Schluß – es kommt kein Hund mehr ins Haus!« – »Ganz im Gegenteil«, sagen die anderen, »ganz im Gegenteil! So schnell wie nur möglich muß ein neuer herbei, die Lücke muß ausgefüllt werden, die Liebe zum verlorenen Hund muß auf einen neuen übertragen werden!«

Und was taten wir? Wir taten das Unmöglichste, was man im zweiten Kriegsjahr tun konnte: Wir erstanden zwei neue Hunde.

Wir hatten schon zu Butzis Lebzeiten mit dem Gedanken gespielt, daß einmal nach seinem Ende jeder von uns einen Hund bekommen sollte. Angesichts des Krieges und der sicher zu erwartenden immer größeren Futterknappheit gaben wir den Plan allerdings auf. Aber dann spürten wir auf der Suche nach einem Spaniel oder Wachtel so lange in der Gegend herum, bis wir, wir wußten selbst nicht recht, wie, auf einmal doch zweie hatten.

Als ersten erstanden wir den braun-silbergrauen, drei Monate alten Wachtel in Salzburg; Spingerspaniel nennen sie dort diese Sorte, ein entzückendes kleines Geschöpf, das wir in einer Tasche an der Lenkstange des Fahrrades heimtransportierten, zwei Zentnersäcke mit Hundekuchen, die man nur als ein Geschenk des Himmels bezeichnen konnte, auf dem Gepäckträger. Kaum hatten wir das Tier, als ein Hundezüchter aus dem Schwabenlande, mit dem wir korrespondiert, aber von dem wir nichts mehr gehört hatten, mitteilte, daß er uns den gewünschten Spaniel schicken würde. Noch während wir darüber disputierten, wer von uns beiden an dieser Fehlorganisation die Schuld habe, waren wir uns – wir gestanden es uns hinterher – darüber einig, auch Nummer zwei zu behalten. Pünktlich, nach ein paar Wochen, wenn auch mit vielen kriegsbedingten unerwarteten Zwischenfällen, kam er in einem Kistchen angereist, und ich muß mich nun richtig zusammennehmen, daß ich nicht über die beiden Hunde, sondern über die Schwalben weiterschreibe, aber ganz wird es sich nicht vermeiden lassen, daß sie ab und zu in der Geschichte auftauchen und etwas Platz für sich beanspruchen.

Zunächst waren sie einmal da, und nach langem mühevollem Nachdenken bekamen sie auch die richtigen Namen: Pedro und Bartolo. Pedro, der braungraue Wachtel, gehörte meinem Mann, Bartolo, der schwarz-weiße Spaniel, gehörte mir. Mit ihnen gingen wir also in den nächsten Winter, das heißt, zunächst war es ja erst einmal Herbst, und es gab viel zu tun, denn mittlerweile war uns klargeworden, daß wir aus eigenen Kräften zusätzlich etwas für unsere Ernährung tun mußten. Zwar widerstand ich der Anschaffung von Hühnern, wozu mir alle Leute rieten, denn erstens hatte ich keinen warmen Stall für sie, das heißt keine Kühe oder Schafe, die dem Federvieh im Winter den Stall mit ihrer größeren eigenen Wärme beheizten, und woher sollte ich Hühnerfutter beschaffen? Aber das waren, um ganz ehrlich zu sein, nicht die

Hauptgründe dagegen, nein, es war so: Ich konnte Hühner einfach nicht leiden.

Aber zu einem erweiterten Gartenbau entschloß ich mich schnell. »Auf geht's!« sagten wir, wie das hier in Bayern so die Redeweise ist, wenn man die Absicht hat, etwas mit Schwung anzupacken, krempelten die Ärmel hoch und machten uns ans Umgraben – zur Wonne der Amseln, denn was wir da an fetten Regenwürmern zutage beförderten, außer den ach so vielen Steinen, das erfreute sie so sehr, daß sie uns fast auf die Spaten hüpften. Kaum hörten wir auf zu graben, kamen auch alle anderen noch anwesenden Vögel herbei, die Rotkehlchen, die Buchfinken, die Bachstelzen, und natürlich auch das gewöhnlichere Volk, die Grünfinken und die Spatzen. Für sie alle war, was wir da wahrhaft im Schweiße unseres Angesichts trieben, ein höchst willkommener reichgedeckter Tisch, auf dem die Leckerbissen nur so herumlagen. »Alles werden wir anbauen«, sagte ich, »nicht nur so ein paar feine Sachen wie bisher, keineswegs, sondern reichlich Kraut und Kohl und Kohlrabi, jetzt kommt es auf die Mengen an und nicht mehr auf die Delikatessen.« Es entging mir nicht, daß mein Mann bei dem Wort Kohlrabi schmerzhaft zusammenzuckte, Kohlrabi mochte er nicht. Aber im Angedenken an die Rüben des Ersten Weltkrieges plädierte er eifrigst für Kartoffeln und – für Tabak. Nun, wir würden sehen, was sich im nächsten Frühjahr machen ließe und – was der Hohe Göll zu diesem Gemüseanbau an seinem Fuße sagen würde.

Vorläufig blieben die Nachbarn stehen und schüttelten die Köpfe zu unseren großzügigen Erdbewegungen. Sie hielten gar nichts davon, und fürs Gemüseessen waren sie als Ur-Bajuwaren sowieso nicht. Aber erstaunlicherweise fanden unsere neuen Hunde ihren Beifall; die beiden hatten sich der Umgraberei auf ihre eigene Art angeschlossen, voll Staunen, wie amüsant sich das Leben außerhalb des Hundezwingers anließ, den sie bisher für die Welt gehalten hatten. Besonders mein Hund Bartolo war das Entzücken der Kinder. Er war aber auch völlig das, was man sich unter einem Wauwau vorstellt, und in den folgenden Jahren krähten die Kleinen am Salzberg, bevor sie Mama und Papa sagen konnten, das Wort »Bahtaloh« über den Bach.

Der Winter nahm uns bald den Spaten zum Ackerbau aus der Hand und drückte uns statt dessen die Schneeschaufeln hinein. Aber diesmal schippte ich ja nicht allein. Auch dieser Kriegswinter war wieder ganz besonders schlimm und kalt, und es war gut, daß ich Sonnenblumen angepflanzt und die Kerne gerettet hatte, ehe die fixen Meisen sie vorzeitig aus den Blüten knabberten, so hatten wir wenigstens eine eiserne Ration für die vielen hungrigen Schnäbel.

Sicherlich atmeten die Vögel mit uns auf, als es langsam Frühling wurde. Gewiß, für das grausige Kriegsgeschehen gab es kein Aufatmen, aber man faßte doch mit dem wachsenden Licht, mit dem wachsenden Leben rundherum wieder mehr Mut und Hoffnung. Ob Krieg oder nicht, in der Natur nahm alles seinen Lauf, der Schnee schmolz, die Wiesen wurden grün, und eines Tages waren auch die Schwalben wieder da.

Und wer kam in diesem Jahr von den insgesamt elf Schwalben des Vorjahres wieder? Die neun Kinder, von denen man meinen sollte, sie wüßten gar keine andere und bessere Bleibe auf der Welt als das Nest bei uns im Küchenflur, in dem sie geboren wurden? Nein, kein einziges kam, und die Mutter ließ sich auch nicht mehr blicken. Hingegen erschien Anfang Mai der »junge Mann«, begrüßte das Haus mit jubelnden Gesängen, gerade so, als sei er schon jahrelang hier beheimatet, machte irgendwo unter unserem blauen Frühlingshimmel die Bekanntschaft einer Schwalbendame und führte sie als Braut bei uns ein.

Doch nun mußte energisch mit Pedro und Bartolo geredet werden. Sie wollten um keinen Preis begreifen, daß sie unseren Schwalben nichts tun durften. Pedro sprang wie wild nach ihnen, wenn sie aus und ein flogen, und Bartolo, der trotz seiner etwas pomadigen Art weit Gefährlichere, betrachtete sie voll kalter Mordlust schräg aus den Augenwinkeln. »Wartet nur«, hieß das, »euch bekomme ich schon! Ihr fliegt nicht immer so unmöglich schnell und so unerreichbar hoch, ihr werdet euch auch einmal irgendwo setzen, wo ich euch kriege, und dann, meine Lieben, ist es aus mit euch, aus und vorbei, dafür kann ich euch garantieren.« – »Bartolo«, habe ich darauf gesagt, »Bartolo, und du, dummer Pedro, kannst auch gleich zuhören. Den Schwalben wird nichts getan, aber auch gar nichts. Die werden in Ruhe gelassen, ein für allemal. Sonst geht es euch ganz schlecht. Hier, seht euch die Peitsche an. Die Schwalben, die waren schon lange vor euch da, da wart ihr noch gar nicht auf der Welt. Die Schwalben mag Frauchen ganz besonders gern, die dürfen hier im Hause tun und treiben, was sie wollen. Die sind tabu, merkt euch das. Sonst gibt's hier, mit der Peitsche, und zu fressen bekommt ihr nichts mehr, und verkauft werdet ihr auch noch, an ganz böse Menschen verkauft, wo so böse Hunde hingehören.« Beim erstenmal hat die Ansprache natürlich nicht gleich geholfen, aber nach einigen Wiederholungen ist sie ihnen allmählich doch eingegangen. Der Pedro fiel nur jedes Frühjahr noch einmal vorübergehend in Anfechtungen, und der Bartolo beherrschte sich, wenn ihm auch nie ganz zu trauen war.

Was die Schwalben anlangte, so waren ihnen die Hunde gänzlich gleichgültig, nur manchmal meinte eine besonders mißtrauisch oder ängstlich veranlagte, Bartolo sei eine Katze, weil er schwarz-weiß war, aber sie kam immer bald zu der Einsicht, daß er zum mindesten nur halb so gefährlich war.

Dieses Mal währte der Brautstand nur kurze Zeit, der Wunsch, eine Familie zu gründen, schien beiderseitig, und voll Eifer machte sich die junge Frau daran, das bessere der beiden vorhandenen Nester, das auf dem Brettchen über der

Ateliertür, nach ihrem Geschmack auszubauen. Hierbei stellte sich heraus, daß sie entweder ein ausgesprochenes Talent im Nesterbauen war, falls sie tatsächlich so jung war, wie sie aussah, oder doch schon mehr Lenze zählte, als es den Anschein hatte, und über reiche Erfahrungen verfügte, denn was sie da baute, war schlechtweg wunderbar, eine wahre Burg von einem Nest. Der Rand wurde doppelt so hoch aufgeführt wie bisher, alles äußerst gewissenhaft und stabil vermauert, und bei der Inneneinrichtung mangelte es auch an nichts, sorgfältigst verflochtene Grashalme, ein weiches Federpolster, alles war da. Nun konnte es also losgehen mit dem Eierlegen. Ich sah sie dann auch eines Morgens auf die bekannte besinnliche Art im Nest sitzen, und als ich nach einiger Zeit wieder durch den Küchenflur kam, lag ein Ei – auf dem Steinboden! Entzwei natürlich. Wie hatte sie denn das fertiggebracht, das Ei daneben zu legen? Das war doch noch nie vorgekommen. Da mußte sie sich schon selten ungeschickt angestellt haben. »Meine Liebe«, sagte ich zu ihr, die sichtlich betreten neben dem Nest auf dem Lichtdraht saß, »meine Liebe, mit Eiern muß man schon etwas vorsichtiger umgehen. Die sind zu zerbrechlich, um damit in der Gegend herumzuwerfen. Hinterher dumm dreinzuschauen hilft nichts, dann ist das Unglück bereits geschehen. Du wirst morgen etwas besser aufpassen müssen.«

Am nächsten Morgen lag das zweite Ei als trauriger Fleck auf dem Fußboden, und das Ehepaar betrachtete in tiefem Schweigen gemeinsam den Schaden, während wir nach einer Erklärung suchten, wie dieses Ungeschick oder Mißgeschick wohl vor sich gegangen sein mochte. Die junge Frau tat mir ehrlich leid, sie war so traurig. »Vermutlich ist sie doch noch ganz jung«, orakelte ich, »erst im vorigen Jahr auf die Welt gekommen, selbst noch ein halbes Kind. Eierlegen tut sicher weh. Vielleicht fliegt sie in dem Augenblick vor Schreck und Schmerz auf, ja, und dann liegt das Ei halt unten statt im Nest.« Mein Mann war gänzlich anderer Ansicht. Lediglich in der Annahme, daß sie noch jung war, stimmte er mit mir überein. Im übrigen behauptete er schlankweg, der jungen Frau fehle es doch anscheinend noch weit an der nötigen ernsten Lebensauffassung. Sie habe nur ihr Vergnügen in ihrem hübschen Kopf, und wenn »er« Kinder haben wolle, täte er gut daran, sie zum Teufel zu jagen und eine andere zu nehmen.

So etwas konnte doch wirklich nur einem Mann einfallen! Aber das sollte nun untersucht werden. So eine üble Nachrede konnte ich auf der kleinen Schwalbenfrau nicht sitzenlassen. Morgen früh würde ich mir die Zeit nehmen und aufpassen.

Am nächsten Morgen saß Frau Schwälbchen wie immer lieb im Nest. Was sie da mit wahrer Andacht betrieb, war unverkennbar, und richtig, nach einiger Zeit flog sie auf, und, wie ich eilends feststellte, im Nest lag schön und ordentlich ein warmes Ei. Na also, es ging ja! Da kam der glückliche Gatte und zukünftige Vater auch schon angeflogen. Er stieg auf den Nestrand, legte den Kopf schief auf die Seite und besah sich das Ei. Ganz genau schien er das Wunder anschauen zu müssen. Nun tauchte er mit dem Kopf ins Nest hinein – ja, aber – jetzt – was sollte denn das? Ich traute meinen Augen nicht. Er richtete sich auf, das kostbare Ei im sperrweit aufgerissenen Schnabel, ein kurzes Flattern, und, platsch, lag es, fast auf der gleichen Stelle wie die beiden anderen vorher, auf dem Steinboden. Dann setzte er sich, ärgerlich und aufgeregt keckernd, zu seiner Frau auf den Draht. Ich hatte den Eindruck, daß Frau Schwälbchen und ich gleichermaßen entsetzt waren.

Am nächsten Tag griff die kleine Frau zu einem letzten, verzweifelten Mittel, um ihren Nachwuchs zu retten. Sie legte das

Ei in das altersschwache Nest auf dem Ofenrohr, das sie bis jetzt noch keines Blickes gewürdigt hatte. Es kam sie sicher hart an, auf ihre so wunderbar aufgebaute Burg zu verzichten, diese so liebevoll hergerichtete Kinderstube aufzugeben und quasi auf ein Armeleuteniveau herunterzusteigen, er kostete sie sicher viel Überwindung, dieser Umzug aus einer schönen, sauberen Behausung mit allen Bequemlichkeiten in eine wackelige, unordentliche und schmutzige Notwohnung. Das Opfer war umsonst. Auch dieses, das vierte Ei, landete zerschmettert auf dem Fußboden.

Ich muß schon sagen, ich hätte es verstanden, wenn sie nun diesen Rohling von einem Mann verlassen hätte. Doch sie blieb da. Sie gab zwar das Eierlegen auf, aber sie löste die eheliche Gemeinschaft nicht, und während ringsum in allen Bauernhäusern geordnete Familienverhältnisse herrschten und schon eifrig in den Schwalbennestern gebrütet wurde, trieben sich unsere beiden unter dem Himmel herum, als ginge sie das alles gar nichts an, als wären sie rein zu ihrem Vergnügen auf der Welt.

»Was denkt ihr euch eigentlich?« sagte ich zu ihnen, als sie so müßig im Flur herumsaßen. »Nun sagt einmal im Ernst, was stellt ihr euch vor? Jetzt ist es schon Juni, und ihr tut nichts, nachdem ihr hier ein Drama in vier Akten aufgeführt habt, von dem niemand weiß, was er davon halten soll. Dann hättet ihr auch ruhig in Afrika bleiben und euch die Reise hierher ersparen können. Hier werden Kinder geboren und großgezogen, und wenn ihr das noch nicht wißt, dann muß ich euch das sagen. Man kann nicht eine komfortable Wohnung mit zwei Nestern für sich in Anspruch nehmen und dann auf der ganzen Linie versagen. Entweder ihr benehmt euch jetzt ordentlich, so wie sich das für ein junges Ehepaar gehört, oder es ist aus mit unserer Freundschaft. Ich bin imstande und setze euch hinaus!«

Das hat gewirkt. In kürzester Frist lagen vier Eier im Nest auf dem Ofenrohr, und es blieb nur zu hoffen, daß dieses morsche, abbruchreife Bauwerk, das schon so viele Generationen Schwalben ausgehalten hatte, auch noch die Strapazen dieser verspäteten Kinderstube überstand. Es überstand sie tatsächlich. Manchmal schwankte es zwar beängstigend, und ab und zu bröckelte ein Stück des ohnehin zu niedrigen Randes ab, denn in so einem Nest mit vier Schwalbenkindern geht es ja lebhaft zu. Es wurden wahre Renommierkinder. und die Eltern waren ungeheuer stolz. Die Kleinen lernten fliegen, sie kehrten mit den Eltern jeden Abend in den Flur zurück, und eines Tages erklärte dann der Herr Schwälber seiner Gattin, daß nun die ersten Sprößlinge erwachsen seien und man an die zweite Auflage herangehen könnte. Da machte sie ihm aber doch den Standpunkt klar. Das sah ihm ähnlich – erst die Zeit zu vertun, vier Eier, kein Mensch weiß, warum, aus dem Nest zu werfen, glücklich mit der ersten Brut dann Mitte August soweit zu sein, wie andere es bereits Anfang Juli waren, und dann, wenn man in drei Wochen schon ans Wegfliegen denken muß, noch einmal mit Kinderkriegen anzufangen! Nein, daraus wurde nichts! Einer in der Familie mußte vernünftig sein, und wenn er es nicht war, wie das als Mann von Rechts wegen seine Pflicht und Schuldigkeit wäre, dann mußte sie es sein. Und so blieb es bei einer Brut.

Am 8. September in der Früh flogen unsere Schwalben wie immer aus. Doch dann kam unser Schwälber noch einmal allein zurück. Er setzte sich auf den Draht im Küchenflur und sang, sang, obwohl es Herbst war und er seit dem zweiten, vergeblichen Werben um seine Frau verstummt war, sang aus voller Kehle wie lange nicht mehr, so wie im Mai bei seiner Ankunft. Dann flog er auf, umkreiste singend das Haus und den Tannenbaum und entschwand schließlich unseren Blicken. Viele Monate würde es nun dauern, bis er wiederkäme, acht lange Monate – wenn er überhaupt wiederkam.

Er kam. Und eilig hatte er's dieses Mal. Schon Anfang April war er da, als noch niemand an Schwalben dachte, denn es war kalt und unfreundlich draußen und alles andere als Frühling. Aber das schien ihn wenig zu stören, er blieb einfach die meiste Zeit im Haus. Daß er es aber fertigbrachte, bei seinen wenigen Ausflügen auch noch eine Schwalbendame irgendwo aufzutreiben, das war schon höheres Talent, denn soviel wir unsererseits auch Ausschau hielten, wir konnten nichts von heimkehrenden Schwalben erblicken.

Der Dame schien die Sache mit dem warmen Küchenflur auch einzuleuchten, denn sie überwand bald ihre Scheu und blieb über Nacht bei ihm. Als es aber dann, auch nicht gerade zu unserer Freude, aufs neue zu schneien begann, da waren unsere beiden Freunde doch ernstlich beleidigt. Was zuviel ist, ist zuviel, dachten sie wohl, kehrten unserem so ungastlichen Tal den Rücken, flogen davon, verschwanden einfach, wer weiß, wohin, wer weiß, wie weit.

Doch mit dem ersten Sonnenstrahl waren sie wieder da, vergnügt und munter, und offenbar hatten sie aus der Not eine Tugend gemacht, aus dieser zwangsläufigen Reise eine Hochzeitsreise gestaltet und bereits ihre Flitterwochen hinter sich gebracht, denn ohne sich lange zu besinnen, legte Frau Schwälbchen das erste Ei. Und wohin? In den altersschwachen Rest von Nest auf dem Ofenrohr, das ich eigentlich entfernen wollte, das nur aus Versehen noch da war. Überhaupt nicht angeschaut hatte sie das prächtige Bauwerk über der Ateliertür, keine Minute zur Besichtigung dafür verschwendet, sich, ohne etwas daran zu richten, ohne auch nur ein Hälmchen, ein Federchen herbeizutragen, mir nichts, dir nichts in das Wrack gesetzt und ein Ei gelegt. Als die anderen Schwalben ankamen, da war sie schon fest am Brüten, und siehe da, das konnte sie großartig, sie brauchte keine drei Wochen dazu, wie das die Regel ist, schon nach sechzehn Tagen war sie fertig und präsentierte ihrem höchst erfreuten Gatten ihre fünf nackten, häßlichen Kinder. Es war erst der

4. Juni, und mit diesem Datum hatte sie einen Rekord als Geburtstag der ersten Brut aufgestellt, der schwer zu unterbieten sein würde.

Die Eltern machten sich mit Schwung ans Füttern, die Kleinen waren so wohlgenährt, daß ich an ein paar Schlechtwettertagen nur einmal mit dem bewährten Kalbsbraten aushelfen mußte, der passenderweise auch gerade beim Metzger zu haben war und für den gern die fünfzig Gramm der Fleischration geopfert wurden. Wir waren ja sowieso schon halbe Vegetarier geworden, denn der Gemüsegarten war durchaus als ein Erfolg anzusprechen, wenn man nicht gerade den Maßstab der wunderbaren Gärtnereien in der Main- oder der Rheinebene anlegte. Sogar Kartoffeln gab es, unserer Intelligenz entsprechend nicht die dicksten, aber immerhin eßbare Kartoffeln.

Das Glanzstück des Gartens war aber zweifellos der Tabak. Ich wurde langsam zu einer Kapazität im Tabakanbau, und sowenig Sympathie die Einheimischen für mein Gemüse aufbringen konnten, der Tabak interessierte sie höchlichst. Die kleinen Pflänzchen aus meinem Mistbeet wurden sogar zum Tauschobjekt, dafür rückten die Raucher in ihrer Bedrängnis auch mit ein paar Eiern und ab und zu einer nicht bis zur makellosen Bläue entrahmten Milch heraus, was unserem Speisezettel sehr wohl tat. Kritisch wurde es nur, wenn dann mein Mann in Aktion trat, und das begann mit der Ernte. Der Speicher zum Wäschetrocknen verlor seine Bestimmung, er wurde bis auf das letzte Fleckchen mit den großen Tabakblättern ausgelegt und behängt. Das wäre ja noch verhältnismäßig harmlos gewesen, obwohl das alles natürlich mit echt männlichem Umstand und Aufwand betrieben wurde – aber dann kam das Fermentieren, was selbstverständlich nur in der Küche im Backofen geschehen konnte, und ausgerechnet in meinem Gansbrater! »Den brauchst du ja jetzt sowieso nicht«, hieß es. Und ruiniert war er für alle Zeiten, der Tabakgeruch war auch mit den besten Waschmitteln nicht mehr herauszubringen. Dann kam der Angriff auf meine streng gehüteten und gezählten Einmachgläser mit Obst. Der Obstsaft war angeblich »gerade das, was dem Tabak das fast englische Aroma gibt«. Tja, und dann kam Besuch über Besuch, und alle rauchten Pfeife bei uns. Ich kostete also meine Tüchtigkeit im Anbau von Tabak bis zur Neige aus.

Wenn wenigstens meine Schwalben gegen den ewigen Pfeifenqualm im ganzen Haus protestiert hätten, dann hätte ich doch einen Vorwand gehabt, dieses »Unternehmen Tabak« abzubrechen. Aber nein, meine Schwalben waren wirkliche Rauchschwalben, sie hielten es mit den Pfeife paffenden Männern, es störte sie nicht. Ganz im Gegenteil. Die vier Kleinen waren noch nicht flügge, da begann der Herr schon wieder zu singen und den galanten Kavalier zu spielen, und die Dame legte zum Beweis ihres Einverständnisses mit seinem erneuten Werben, und sozusagen als symbolische Handlung, mit viel Getue darum herum, ein Federchen auf der Flurlampe nieder. Da wurden aber die fünf Kinder energisch. Was ihre Eltern da auf der Lampe vor ihnen aufführten, das war gegen jedes Herkommen; sie hatten ein Anrecht darauf, bis auf weiteres gefüttert zu werden, und dies reichlich, mit ganzen Bündeln Fliegen auf einmal, ferner saubergehalten und gepflegt zu werden – und, nicht zu vergessen, auf einen ersten Ausflug nach genau drei Wochen. Außerdem hatten sie weitere drei Wochen Betreuung, Unterricht und Ausbildung im Freien zu beanspruchen, und dann, aber auch dann erst, waren ihre berechtigten Forderungen befriedigt, und wenn ihre Eltern danach meinten, der ganze Zauber mit Gesang und Hofmachen, Eierlegen und Kinderkriegen müßte noch einmal von vorn anfangen, war ihnen das gleichgültig, dann hatten sie keinen Schaden mehr davon, dann flogen sie längst vergnügt und ach so wunderbar schnell mit den gleichaltrigen Freunden und Freundinnen aus der Nachbarschaft den ganzen Tag in dem schönen Sommer draußen herum. Und falls der Vater sie zu guter Letzt noch von ihrem Schlafplatz im heimischen Flur vertreiben sollte, nun, so würden sie sich auch damit abfinden.

Unser Elternpaar Schwalbe besann sich dann auch, von dem Hungergeschrei der fünf in seinem zärtlichen Gehabe gestört, auf seine Pflichten, aber mit sehr großer Begeisterung waren sie nicht mehr bei der Sache, und besonders der Eifer der Mutter ließ sehr zu wünschen übrig. Doch da half alle Ungeduld nichts. Man kann wohl zeitiger ankommen als die anderen Schwalben, man kann es erwiesenermaßen sogar fertigbringen, die Eier in sechzehn statt in achtzehn bis zwanzig Tagen auszubrüten, aber die Kinder schneller wachsen zu lassen, das kann man doch nicht. Die brauchen ihre Zeit. Es beschleunigt den Gang der Ereignisse auch nicht, wenn man damit beginnt, Lehmklümpchen herbeizuschleppen und sie mit vieler Mühe auf dem glatten Lampenschirm festzukleben und so zu dokumentieren, daß man wirklich dort ein neues Nest bauen will.

Doch an dem Tag, an dem die fünf zum ersten Mal ausflogen, verwarf sie ebenso plötzlich das Projekt auf der Lampe und wendete sich wieder dem alten Nest zu. Niemand kann behaupten, daß das Nest noch schön war, aber was sie nun mit ihm trieb, gereichte ihm auch nicht zur Zierde. Heu schaffte sie herbei, Grashalme, je länger, je lieber, und die wurden einfach irgendwie irgendwohin gestopft, ein Spatzenbau war ein wahres Kunstwerk dagegen. So etwas von Unbegabtheit war noch nicht dagewesen. Nach acht Tagen war sie diese unbefriedigende Arbeit dann auch leid und setzte sich kurzerhand in das Nest über der Ateliertür und legte ein Ei hinein. Da konnte man doch wirklich nur noch den Kopf schütteln, wenigstens soweit man ein Mensch war. Was jedoch ihren Gatten anlangte, so zeigte er keinerlei Verwunderung über die Launen seiner Frau. Er flog auf den Nestrand und jubilierte vor Anerkennung und Begeisterung und übernahm ganz selbstverständlich die restliche Betreuung der fünf Kinder, während sie diesmal vier Eier legte und mit dem gleichen Fanatismus wie das erste Mal das Brüten in Angriff nahm.

Wieder schaffte sie es in weniger als drei Wochen, wieder wuchsen ausgesprochene Prachtkinder heran, und diesmal war eines dabei, das der Mutter nachschlug. Es konnte nicht abwarten, bis der allgemeine Aufbruch vor sich ging, es mußte schon zwei Tage früher losfliegen – wir hatten wieder mal einen »Fliaga«. Und launisch war es auch. Als die Geschwister vom ersten Ausflug brav des Abends in den Flur zurückkehrten, da gefiel es ihm, allein und völlig ungeschützt draußen auf dem Telefondraht zu übernachten. Aber es hatte Glück bei all seinem Leichtsinn, keine Eule fraß es, nichts geschah ihm.

Unaufhaltsam ging wieder ein Sommer vorüber, und die kleine Vogelfamilie löste sich auf. Die Mama blieb als erste aus. Sicher hatte sie es sich in den Kopf gesetzt, auch als erste aller Schwalben wieder in Afrika zu sein. Dann verschwand auch der Vater, und nur die kleine Kinderschar fiel noch eine Zeitlang des Abends bei uns ein. Es muß ihnen wohl in der Wiege gesungen worden sein, daß es sich für anständige Schwalben gehört, am 8. September die Reise anzutreten. Am 8. September blieb der Schlafplatz leer.

Wieder kam ein Kriegswinter auf uns zu, begann der Kampf mit Kälte und Schnee, mußten das geerntete Gemüse, die Lebensmittelmarken jede Woche erneut nach einem sorgfältig ausgeklügelten System eingeteilt werden.

Die Hunde und die Vögel wurden langsam zum Problem. Diesmal hatte uns ein gütiges Geschick eine gute Nußernte beschert, und es war uns mit Hilfe der Hunde sogar gelungen, sie den Eichkätzchen abzujagen und für die Vögel aufzuheben. Den Pedro mußten wir bei diesem Sport zwar im Haus einsperren, er hätte den kleinen schwarzen und roten Kobolden sicher den Garaus gemacht, er war zu schnell und auch kein ganz fairer Kämpfer. Der Bartolo war hingegen großartig für den Spaß geeignet, sogar mein Mann mußte das anerkennen, was als großer Ausnahmefall zu werten war, denn im allgemeinen hatten mein Bartolo und ich kein leichtes Leben. Irgendwann, irgendwo, irgendwie hatte sich die Ansicht verbreitet, daß, wenn etwas nicht in Ordnung oder schiefgegangen war, wir beide daran schuld waren oder zum mindesten einer von uns beiden. Eine sehr betrübliche Sache! Nun, dem Bartolo machte sie nicht viel aus, er besaß das nötige Phlegma, um sich über die schlechte Meinung anderer Leute hinwegzusetzen, und ich, nun, ich gewöhnte mich auch daran.

Aber bei dem Unternehmen »Nußbaum und die Eichkatzl« war Bartolo unentbehrlich. Täglich ein paarmal erschallte der Ruf: »Ein Eichkatzl im Nußbaum«, oder das Gebell der Hunde alarmierte uns. Dann ließen die Teilnehmer an der Jagd alles stehen und liegen und rannten in den Garten. Die ganz große Leiter, die neuerdings unseren Hausstand sehr dekorativ vervollständigte, lehnte schon am Nußbaum, eine Bohnenstange stand daneben, und dann stieg mein Mann, mit der Stange bewaffnet, aufwärts, von mir in die richtige Richtung eingewinkt. Von oben guckte der kleine Teufel interessiert und keckernd, meist noch eine Nuß in den Pfötchen, voll Hohn und Spott auf uns herunter. Aber das nutzte ihm nichts. Er mußte höher und höher klettern, und unten saß der Bartolo und ließ ihn nicht aus den Augen. Dann kam der aufregende Moment: wenn das Eichkatzl auf einem der höchsten Äste angelangt war und sich zum Sprung entschloß. Springen konnte man eigentlich nicht sagen, es flog mit weit ausgebreiteten Beinchen, den Schwanz zur Balance und Steuerung benutzend, in die Tiefe, und die war beträchtlich, denn die Wiese senkt sich nach dem Bach zu. Erst in dem Augenblick, da der Feind den Boden erreicht hatte, startete Bartolo, also mit einem Abstand von ungefähr drei bis fünf Metern hinter ihm, und es gab eine fröhliche Hetze nach den Bäumen am Bach, die das Eichkatzl immer gewann.

Im Laufe der Zeiten kannten sich die Eichkatzl und der Bartolo genau, und ich glaube, sie hatten beide einen Mordsspaß daran. Inzwischen bellte der Pedro wie närrisch im Haus, aber er mußte drinbleiben. Er hätte nicht wie der Kavalier Bartolo gewartet, bis der Eichkater auf dem Boden gelandet war, sondern hätte genau an der Aufsprungstelle Posten bezogen, und mit dem kleinen Teufel wäre es aus und vorbei gewesen.

Dafür spielte er aber bei der Katzenjagd die Hauptrolle. Hei, wie mußten nun die Katzen rennen, bis sie begriffen, daß nicht mehr der alte Butzi den Garten bewachte, sondern zwei sehr fixe junge Hunde aufpaßten, daß den Vögeln nichts geschah. Und Mäuse wurden gefangen, es war ein wahrer Staat! Das Spaßigste dabei war, daß sich die beiden die Aufgabe eingeteilt hatten. Der Bartolo fing die Mäuse draußen. Wie ein Fuchs holte er sie aus ihren Löchern und Gängen heraus, er hatte die nötige Geduld und Vorsicht. Pedro hielt das Haus von ihnen sauber. So schnell konnte keine vorbeihuschen, daß er sie nicht schnappte. Daß bei seinem Temperament dabei auch manchmal Stühle, Eimer, Töpfe und sonst noch allerhand durch die Luft flogen, mußte in Kauf genommen werden.

Etwas aber konnte nur Bartolo allein, eine ganz große Kunst: er sang! Und weil er dazu ja auch schwarz und weiß war, also in den Farben paßte, erhielt er den Ehrennamen »Unser Winterschwälbchen«. Zwar eröffnete er den Tag nicht so früh wie die geflügelte Konkurrenz, aber jeden Morgen, pünktlich um halb sieben Uhr, sang er eine Arie. Der Pedro hörte ergriffen zu, nie beteiligte er sich an dem Gesang, was er sonst mit seinem leicht nach Baß gefärbten Bariton ab und zu tat, wenn Bartolo am Tag ein Lied anstimmte. Der Morgengesang war die alleinige Angelegenheit Bartolos. Wir brauchten keinen schrillen Wecker mehr, der Bartolo war ebenso zuverlässig wie solch ein Schreckensinstrument – und viel melodischer.

Ach, diese kleinen Freuden und Späße im Leben wurden immer notwendiger, der Krieg dauerte länger und länger, es war kein Ende abzusehen. Der Winter ging herum, der Frühling kam, und ganz zeitig, noch früher als im Vorjahr, war unser Schwälber wieder da. Damit hatte er recht, denn es war ein Frühling, so warm und schön wie selten. Schon im März schmolz der letzte Schnee, im Nu war es am Bach blau vor Leberblümchen, Kätzchen wippten an den Haselstauden, und wo gestern noch Nässe und Schmutz und Schneewasser waren, da blühten heute die Himmelschlüssel an winzigen Stengelchen, man möchte meinen, selbst höchst verwundert über ihren Mut, aber sie blühten, und schon waren ihre Freundinnen, die Anemonen, auch da, und es dauerte gar nicht mehr lange, da roch es überall nach Seidelbast. Alle Vögel taten sehr wichtig, die einen waren froh, daß sie den Winter wieder einmal überstanden hatten, und die anderen mußten ihre Heimkehr feiern. So hatten alle Grund zum Singen, und die Vogelherren warfen sich in ihre besten Hochzeitsfräcke und gingen auf Brautschau.

Auch unser Schwälber schaute sich um, aber der April verging, es wurde Mai, und keine Schwalben erschienen. Und dabei blieb es auch. Alle Vogelfreunde verlegten sich aufs

Mutmaßen, wo sie wohl hingekommen sein mochten, was ihnen wohl zugestoßen wäre.

Die Aufklärung über dies rätselhafte Geschehen wurde mir zuteil, als ich, wie immer von den Hunden begleitet, eines Tages zur Kramerin einkaufen wanderte, die etwas oberhalb unseres Hauses eine jener köstlichen Kramereien betreibt, die es nur noch weit hinten auf dem Lande gibt. Wenn man nicht genau hinsieht, dann merkt man gar nicht, daß da in dem Haus etwas Besonderes vor sich geht, erst beim aufmerksameren Hinschauen sieht man, daß in einem der Fenster des Erdgeschosses ein Glas voll »Guteln« zur Schau gestellt ist und ein paar Packerln Nudeln und Seifenpulver daneben stehen. Auch ein Brotwecken liegt da, und daneben schläft eine Katze in der Sonne, oder auch zwei. Katzen gibt es bei der Kramerin in großer Zahl, ich bin noch nie dahintergekommen, wie viele es eigentlich sind, und der Besuch bei der Kramerin ist deshalb bei den Hunden besonders beliebt.

Man geht durch die Haustür in den »Laden«, der aus einem mit Säcken und Kisten vollgestopften Flur, einem kleinen Zimmer, das durch einen Ladentisch als Verkaufsraum gekennzeichnet ist, und einem etwas undefinierbaren weiteren Raum besteht, zu dem aber nur die Kramerin Zutritt hat. Ich kaufe im allgemeinen dort das ein, was ich vergessen habe aus dem Markt mitzubringen, Streichhölzer, Salz und ähnliche Sachen, die man immer braucht, die aber tückischerweise im gegebenen Moment gerade ausgegangen sind. Diesmal handelte es sich um Streichhölzer. Man sollte nicht glauben, wieviel Streichhölzer ein Mann beim Pfeiferauchen verbraucht; einen ganzen Wald!

Aber der Laden der Kramerin hat noch einen anderen Reiz. Er ist der Treffpunkt der ganzen Gegend. Hier werden alle Neuigkeiten, vom großen Weltgeschehen bis zu den kleinsten Familienangelegenheiten, beredet, hier liegt auch auf der »Ladenpudl« die Post für die abseitig und am höchsten am Berg gelegenen Häuser, die von der Briefträgerin hier deponiert wird und die dann die Empfänger gelegentlich eines Einkaufes abholen, nachdem sie vorher von allen anderen Kunden studiert worden ist.

Als ich eintrat, wurde gerade das Frühjahrswetter besprochen, und siehe da, auch der Versammlung bei der Kramerin war der Mangel an Schwalben aufgefallen. »Das kommt schon mal vor«, sagten die einen, »nächstes Jahr sind's dann wieder mehrer.« – »Naa«, sagten die anderen, »dös is der Kriag, ganz gwiß der Kriag. Dös schiassn in Afrika drent, dös is schuld.« – »A geh, ganz was anders is«, wußten die noch Gescheiteren, »die Italiano san schuld, ganz alloans die Italiano, dö Malefiz! Fressen deans's.« Doch da meldete sich die Kramerin zu Wort, und wenn sie redete, dann wurde es still; denn sie war eine gewichtige Person, an deren Körperfülle der Krieg bislang spurlos vorübergegangen war. »Ja«, verkündete sie, »fressn deans's scho. Schwal-ben-zun-gen« – und das ganz hochdeutsch –, »dös is bei deana a Delikadessn. Aber mei Muatta hat immer gsagt« – und nun wieder hochdeutsch –, »Singvögel darf man nicht essen, da wird man irrsinnig! Aber i moan, dös is es fei net. Es is zwegn die Schiff«, und schaute mich ganz oberschlau und ordentlich funkelnd ob ihrer Weisheit an. Durch mein blitzdummes Gesicht ermuntert und mein respektvolles Schweigen geschmeichelt, fuhr sie dann fort: »Die Schwalbn, die fahrn doch mit die Schiff, ja, mit die Schiff! Da fliagns auffi und fahrn mit nüber, übers Wasser. Weils', doch net so weit fliagn kenna, weils' sonst abifalln, ins Wasser. Und jetzt gehn doch kei Schiff, oder zwenig – und auf die Kriagsschiff könnens doch nit fahrn.«

Ich zahlte meine Streichhölzer, Pedro und Bartolo bekamen zum Abschied noch jeder ein Bröckel Zucker, und dann verließen wir drei die Kramerin, die Hunde völlig zufrieden mit dem Besuch, nachdem sie zuvor schon ein paar uralte Knochen irgendwo hinter der Waschküche ausgegraben hatten und die Katzen, wie sich das gehört, auf alle Zwetschenbäume geflüchtet waren. Und ich, nun, ich war wie von innen erleuchtet. Sofort teilte ich meine neugewonnenen Kenntnisse meinem Mann mit, ich machte ihm die Geschichte sogar aus eigenem Ermessen noch anschaulicher, knüpfte Beschreibungen an, sehr romantische Beschreibungen, wie die Schwalben aus dem grünen Nildelta herausgeflogen kommen, wie sie die mitleidslose Wüste streifen, sich dann auf Masten, Tauwerk und Segeln niederlassen und, eine Vogelarmada – ahoi –, das Mittelmeer befahren. Ich flocht Motive aus dem »Fliegenden Holländer« ein und Melodien aus »La Paloma«, das Lied aller christlichen Seefahrer, aber, es war tieftraurig, mein Mann glaubte mir nicht. Er glaubte mir nicht nur nicht, er lachte Tränen und schlug mir vor, viel öfter zur Kramerin einkaufen zu gehen, nicht immer alles auf einmal zu holen, schlimmstenfalls wollte er das Seine dazu beitragen und noch mehr Zündhölzer beim Pfeiferauchen verbrauchen, aber die Kramerin und ich, wir beide seien unbezahlbar. Natürlich war ich daraufhin beleidigt, sehr beleidigt. Und daß es trotzdem Marillenknödel zum Mittagessen gab, war ein Ausdruck von Seelengröße.

Aber warum in diesem Jahr so wenig Schwalben da waren, das wußte ich auch jetzt noch nicht, und der einzige, der mir's vielleicht verraten konnte, mein Schwälber, der erzählte mir nichts, der schwieg sich aus.

Es ist ein rechter Jammer, wie wenig man im Grunde weiß. Gewiß, man ist schon hinter vieles gekommen. Kluge Leute haben Vögel beringt, Berufene haben ihren Flugweg erforscht und ihre Schnelligkeit errechnet, aber der Rest von Fragen, der trotz alledem noch bleibt, ist riesengroß. Warum wollte zum Beispiel die Schwalbendame, die unser tüchtiger Freund doch noch irgendwo auftrieb, unter keinen Umständen zu uns ins Haus? Neun Jahre lang fanden alle Schwalbendamen – und es waren immer andere, nie dieselbe – unser Haus bestens geeignet. Warum hatte nun die zehnte kein Wohlgefallen an ihm? Sie konnte sich nicht einmal entschließen, bei uns zu übernachten, und sie brachte es tatsächlich fertig, daß unser Schwälber mit ihr auf und davon ging. Noch nie hatte ein Schwälber freiwillig das Haus aufgegeben, im Gegenteil, darum gerauft und gekämpft hatte er, lieber war er in Ehren im Zweikampf gefallen, als daß er auf seinen Stammsitz verzichtet hätte. Aber dieser ging, ging mit einer Frau!

Nun, wir wollen nicht zu hart urteilen, er hatte dieses Jahr bei dem Frauenmangel mildernde Umstände. Sicher dachte er: Lieber auswandern und eine Frau haben als daheimbleiben und keine Frau haben. Doch das Unternehmen schlug nicht zum Segen aus. Sie fanden keine Bleibe, sie zogen von einem Haus zum anderen und kehrten im Juli reuig zu uns zurück. Aber, sosehr er auch dafür Propaganda machte, nicht in den Flur in eines der alten Nester. »Nein«, sagte sie, »die offene Veranda davor, das ist das äußerste Zugeständnis, das ich machen kann«, und bemühte sich, in der Mitte, an dem Schnittpunkt der Deckenbalken, ein Nest zu montieren. Das ging nicht. Die Balken waren zu glatt, die Lehmklümpchen blieben nicht haften. Mein Mann mußte vom Zeichentisch aufstehen und ein Brettchen festnageln; gleich mußte das sein, ehe der Plan sie wieder reute. Er brummte zwar alles mögliche, das Wort »Narreteien« kam darin vor, und etwas von »einem Zirkus, der nun wieder anging«, war herauszuhören; außerdem meinte er, wenn das Brettchen nun glücklich da sei und er seine kostbare Zeit geopfert habe, dann ginge sie todsicher nicht darauf. Worin er irrte. Sie war begeistert.

Sofort flog sie darauf und schleppte Material herbei, noch und noch, und ihr Gatte rackerte sich auch ab – und ich rechnete an den Fingern und auf dem Kalender, ob denn das überhaupt noch langte mit der Kinderwirtschaft bis zum 8. September oder ob sich da eine Tragödie anbahnte, eine Tragödie mit nicht rechtzeitig flügge gewordenen Jungen, abgereisten Eltern, traurigem Hunger- oder Erfrierungstod und so weiter und so weiter. Nun, ganz langte es nicht, aber wenn man die allergünstigsten Bedingungen annahm, dann langte es beinahe. Um den 20. September herum konnten sie fertig sein. Das hing allerdings von vielerlei Umständen ab, da kam es auf jeden Tag an, da mußte alles klappen wie am Schnürchen.

Es sah fast so aus, als ob auch unsere Schwalbendame sich über die Tragweite des Unternehmens, das sie da in den letzten Julitagen startete, im klaren wäre. So schnell war noch kein Nest erbaut worden! In vier Tagen war es fertig, etwas genial, aber fertig. So feucht, wie es war, wurde es bezogen, und schon lag auch ein hübsches Ei mit kleinen rotbraunen Pünktchen darin. Es wurde auch nicht abgewartet, bis alle Eier beieinander waren, und dann erst mit dem Brüten angefangen, nein, gleich nach dem ersten blieb Frau Schwälbin darauf sitzen, und trotz der immerhin schon kalten Nächte waren bereits am 18. August vier Kinder da.

Die erste Hälfte des gewagten Unternehmens hatten wir

also dank der Tüchtigkeit der kleinen Schwälbin bereits hinter uns. Nun kam der noch schwierigere zweite Teil. Da reichte allerdings die Tüchtigkeit allein nicht aus, da mußte auch noch eine ordentliche Portion Glück dazukommen, und das war vor allem gutes Wetter. Sie hatte Glück. Der Himmel hatte ein Einsehen, es kamen Tage und Wochen von strahlender Bläue, die Sonne schien, die Mücken tummelten sich, die Kinder wurden gefüttert und gefüttert, und in den kühlen Nächten setzte sich ganz einfach auch noch der Vater mit aufs Nest, dann waren sie alle schön warm beieinander, man mußte sich nur zu helfen wissen. Etwas spartanisch blieb die Sache trotz alledem, aber, es war nicht zu leugnen, die etwas rauhere Luft, die durch diese Kinderstube wehte, schlug bei den vieren bestens an. Sie wurden groß, kräftig, lebenslustig, und wenn wir zum Mittagessen auf der Veranda saßen, dann hatten wir unseren Spaß an der fröhlichen neugierigen Gesellschaft, und das war auch gut so, denn unsere Mittagessen wichen ja immer mehr von dem ab, was man früher ein Mittagessen nannte.

Auch die Eltern schienen mit dem Gedeihen ihrer Sprößlinge zufrieden zu sein. Sie verlegten also den ersten Ausflug auf ein paar Tage früher als sonst üblich – und man konnte nur staunen: Die kleine Bande brauchte das Fliegen gar nicht besonders zu erlernen, sie konnte es sofort und großartig und bewältigte auf Anhieb, ohne viel zu stottern, die elegante Kurve, ohne die man nun einmal nicht aus der Veranda herauskam. Es war auf den Tag genau der ominöse 8. September, als dieses Ereignis gefeiert werden konnte, aber deshalb regten sich die Eltern nicht auf. Sie ließen 8. September 8. September sein und erzogen ohne Überstürzung, in aller Seelenruhe, ihre Kinder fertig. Sicher wußten sie längst und viel besser als wir, daß das Wetter noch weiter schön bleiben würde, daß vorläufig keine Nachtfröste drohten und auch die Reiseaussichten gut waren. Und so endete dieser ungewöhnliche Sommer in unserem Schwalbendasein friedlich und harmonisch. Wie immer blieb die Frage offen: Wer kommt wieder, welche Erlebnisse warten im nächsten Jahr auf uns?

Es erwarteten uns viele Erlebnisse, nicht nur im nächsten Jahr, sondern auch in den folgenden, Erlebnisse aller Art, und von manchen konnte man nur sagen: »Solche Dinge hat man früher einmal in Büchern gelesen, schön gemütlich in einer Sofaecke, mit einem angenehmen Schauder den Rücken herunter.« Es blieb unserer Generation vorbehalten, sie in Wirklichkeit hinter sich zu bringen, mit mehr oder weniger Haltung, je nach Veranlagung. Wir lernten hungern, wir lernten frieren, wir wendeten die Kleider einmal, zum zweitenmal und wieder auf die erste Seite, wir hörten Sirenen und sahen Bombergeschwader. Immer mehr Menschen verschwanden aus unserem Leben, neue tauchten auf. Zuerst Freunde und Bekannte, die sich vom Krieg in ihren Städten in dem Scheinfrieden bei uns im Gebirge eine Pause gönnen wollten, dann Fremde, Evakuierte, Heimatlose, die zu uns ins Haus zogen. Es blieb nicht viel Zeit, bei den Schwälbchen stehen zu bleiben und ihrem Treiben zuzuschauen, und doch war diese kleine Vogelwelt in unserer großen Menschenwelt fast das einzig noch Beständige, etwas, das zu einer Zeit gehörte, von der wir uns immer mehr entfernten, die schon weit, weit zurücklag, von der wir uns nicht vorstellen konnten, daß sie einmal wiederkehren würde.

So saßen wir an einem Tag im April, als der Föhn in langen Schleierfahnen am Himmel stand und unsere ohnehin strapazierten Nerven von ihm auf eine Zerreißprobe gestellt wurden, beim sehr verspäteten Mittagessen auf der Veranda. Verspätet, denn ich kochte ja nicht mehr allein, sondern als letzte Partei in meiner Küche; und was da, zwar recht dekorativ, aber doch als herzlich wenig erkennbar, auf den Tellern arrangiert war, trug auch nicht gerade dazu bei, die Stimmung zu heben. Die Hunde lagen zwischen unseren Stühlen. Der Pedro richtete sich ab und zu mit ebensoviel Würde wie devoter Unterwürfigkeit auf und legte eine Pfote auf ein menschliches Knie. Nach der vereinbarten Arbeitsteilung der beiden untereinander war es seine Aufgabe, der Bettelei bei Tisch den nötigen Nachdruck zu verleihen. Uns fiel die selbstverständliche Pflicht zu, daraufhin jedem etwas zu verabreichen.

Da saß auf einmal ein Schwälbchen zu unseren Häupten auf dem Stängelchen, das wir zur Erhöhung der Bequemlichkeit im Schwalbenfamilienleben neben dem Nest angebracht hatten – falls es wieder einmal als Wohnsitz gewählt werden sollte. Das Vögelchen reckte abwechselnd die Flügel, putzte sich, sah auf uns und die Hunde herunter und – gähnte. »Grüß Gott«, sagten wir, »das ist aber schön, daß du wieder da bist. Und so müde bist du, so weit gereist, wo bleibt der Begrüßungsgesang?« Es putzte sich weiter, es gähnte weiter, legte das Köpfchen nachdenklich mal auf die eine, mal auf die andere Seite, aber es blieb stumm. »Nanu«, sagten wir, »das ist ja eine ganz neue Art heimzukommen. Oder bist du am Ende gar nicht der junge Mann« – der ja eigentlich schon im Vorjahr kein junger Mann mehr, sondern ein Prachtexemplar von einem ausgewachsenen Schwälber im besten Alter war –, »sollte es möglich sein, daß du die gnädige Frau bist?« Wahrhaftig, so war es bei näherer Betrachtung. Bei weitem nicht so groß wie ein Herr, ein bißchen pummelig vollschlank, mit schneeweißem Brüstchen und einem nicht so sehr langen Schwanz. Eben bestieg sie den Nestrand und besah sich das Nest genau von allen Seiten. Sie schien mit dem, was sie da wiederfand, zufrieden, steckte den netten kleinen runden Kopf zurück zwischen die Flügel und schlief erst einmal.

»Man soll nicht glauben, was es alles gibt«, sagten wir. »Nun kommt zum ersten Mal eine Frau Schwälbchen wieder, und auch noch als erste – vorausgesetzt, daß ihr Gatte später kommt.«

Es vergingen ein Tag, zwei Tage, drei Tage, sie führte ein gemütliches Leben, saß auf Nest und Stängelchen, flog ein bißchen herum, kam auch einmal mit einer anderen Schwalbe, die aber jedesmal bei unserem Auftauchen auf der Veranda schreckhaft auf und davon flog, und übernachtete im Nest, so tief hineingekuschelt, daß man sie von unten gar nicht mehr erblicken konnte. So war es sicher in diesen doch noch zu kalten Aprilnächten am besten hier im Freien auszuhalten für das dumme Ding. Hatte den warmen Flur mit aller Behaglichkeit vor der Nase und blieb draußen!

Gerade begannen wir an der Wiederkehr unseres Schwälbers zu zweifeln, da erschien er; sehr laut, sehr lebhaft, gar nicht müde und hoch erfreut darüber, daß die Gattin, die teure, bereits da war. Sicher machte er ihr tausend Komplimente, wenn er neben ihr auf der kleinen Stange dicht unter der Holzdecke saß und jubilierte oder sie sehr galant ausführte. Sie kostete die Situation weidlich aus, machte sich hübsch und ließ sich bewundern. Wenn sie nebeneinandersaßen, konnte man so recht den Unterschied zwischen ihnen sehen. Er war viel größer als sie, mit einem wunderbaren, langen Schwanz, von großartiger Haltung, straff und gespannt, mit etwas bräunlich gefärbter Brust, ein rasanter Flieger. Und der Stimmaufwand, den sollte ihm einmal jemand nachmachen!

Es war ganz selbstverständlich, daß sie wieder draußen auf der Veranda blieben. Da entdeckte ein anderes Schwalbenpaar, auf der Suche nach einer passenden Wohnung, die Nester im Flur. Gar zu gern wären sie eingezogen, aber unser Schwälber erlaubte es nicht. Unter keinen Umständen gestattete er den Durchflug durch die Veranda. Es ging wieder einmal hart auf hart, mit schrillem Kampfgeschrei, Aufeinanderloshacken, Gegen-die-Wände-Prallen und Angriffs- und Verfolgungsrasereien um das Haus herum. Wir atmeten auf, als das fremde Paar sein Vorhaben aufgab, ehe einer der Kämpfer auf dem Schlachtfeld blieb; es entdeckte eine andere Wohnmöglichkeit im Nachbarhaus, das ein paar Jahre ohne Schwalben gewesen war und wo die beiden gern aufgenommen wurden. Sie hatten dort sogar etwas ganz Feines: ein großes Hirschgeweih gleich neben ihrem Einflugfenster am Giebel. Ich sah sie später mit ihren Sprößlingen dort sitzen, wie von einem Fotografen zu einem Familienbild gruppiert.

Unsere Schwalben bekamen dieses Mal fünf Kinder, schön rechtzeitig; wir konnten sie erst zählen, als sie schon fast flügge waren. Das Nest war so hoch droben, daß man, solange sie nur die Hälse reckten, nichts von ihnen erblicken konnte. Doch wohin mit ihnen, wenn sie ausgeflogen waren? Voriges Jahr war dieser Fall problemlos gewesen, es war ja so spät im Jahr, daß tagsüber nicht viel herumgesessen werden konnte, sondern gleich auf Weitflug trainiert werden mußte; und abends hatten die Eltern ihre Kinder einfach wieder ins Nest gestopft, damit sie sich gegenseitig erwärmten. Aber in diesem Jahr, in dem reichlich Zeit für eine zweite Brut war, mußte ihnen ein anderer Platz angeboten werden, denn auch das Stängelchen unmittelbar am Nest war von den Eltern als Sitzplatz für die Kinder sicherlich unerwünscht. Wir montierten also einen hübschen gegabelten Ast in eine Ecke der Veranda und dachten, damit das Richtige getroffen zu haben. Falsch war es! Der Vater brachte die Kinder auf den Draht in den Küchenflur und überließ es mir, unseren schwalbenfremden Mitbewohnern beizubringen, daß hastiges Hinundhergerenne oder Türenzuschlagen kein geschätztes Benehmen war und niemand mit den Armen in der Luft herumzufuchteln oder dazustehen und mit hoch erhobenem Finger auf die Kleinen zu deuten hatte. Ich nahm diese Mission auch noch auf mich. Was blieb mir auch sonst übrig? Die fünf saßen also tagsüber in den Ruhepausen im Nußbaum, bezogen aber gegen Abend Quartier im Küchenflur und wurden bis zur Dunkelheit im Höchsttempo vom Vater gefüttert. Wie fest halten doch so kleine Vogelfüße den Draht, auf dem sie sitzen, denn es gibt immerhin jedesmal einen ordentlichen Ruck für alle, wenn der Vater im schnellsten Flug abbremst und ein Insektenpaket tief in einen Kinderschnabel hineinstößt. Dann schwanken und wackeln alle – aber keines fällt herunter.

Und was tat die Mutter inzwischen? Sie machte noch einen kleinen, ganz privaten Abendausflug, setzte sich dann auf den neuen Ast in der Veranda und pflegte sich. Reizend sah sie aus, das mußte man zugeben, auch wenn man sich den Zweck des Astes anders vorgestellt hatte und wenn auch ihre Einstellung, selbst Lebeschön zu machen, während der Mann bis in die Nacht hinein für zweie arbeitete, nicht kritiklos gebilligt werden konnte. Von uns wenigstens nicht. Aber das berührte sie ja nicht. Ihr Gatte kritisierte nicht an ihr herum, er keckerte zwar ein bißchen, wenn endlich auch für ihn die abendliche Ruhe anbrach, aber wer kann behaupten, daß das Gekecker einer Beschwerde gleichkam? Niemand! Es konnte genausogut eine kurze, abschließende Bemerkung über das vollbrachte Tagewerk sein, ein Lob, das er sich selbst und seiner Tüchtigkeit spendete. Jedenfalls ließ auch er sich auf dem Ästchen nieder, guckte noch ein bißchen über Land der untergegangenen Sonne nach, und dann wurde schnell geschlafen. Die Nacht dauerte ja nicht lang, vor vier Uhr mußte er schon wieder munter sein – mußte auch ich schnell aus dem schönen warmen Bett heraus, die Treppe hinunter und die Tür öffnen, damit die Eltern sich wieder mit ihren Kindern vereinigen konnten. Ich tat es halb im Schlaf.

Als es Zeit wurde, das Nest einer kleinen Instandsetzung für die zweite Brut zu unterziehen, zeigte es sich, daß der Sinn von Frau Schwälbchen nach etwas anderem stand. Ein neues Nest sollte gebaut werden, und zwar neben dem neuen Ast. »Diesen Unsinn haben wir selbst herausgefordert«, beschuldigte uns mein Mann in schöner Selbsterkenntnis, als ihm nichts anderes übrigblieb, als wieder einmal ein Brettchen als Fundament für einen Neubau anzunageln, »ohne den Ast wäre sie sicher nicht auf die Idee verfallen. Die Bauerei hier im Haus wird ja schon langsam zur Manie!« – »Gott«, sagte ich, »dafür müßtest doch gerade du Verständnis haben. Wer die Passion dazu hat, den bringen keine zehn Pferde davon ab. Oder? Paß lieber auf, daß du dir nicht mit dem Hammer auf die Finger haust!« So bekam Frau Schwalbe ihren Willen.

Diesmal schaffte sie selbst nicht so eifrig wie im Vorjahr, sie übernahm mehr die Bauleitung, und ihr Mann mußte die Maurerarbeit leisten. Sie stellte allerhand Ansprüche, und es wurde ein großes und schönes Nest, eigentlich viel zu groß für die drei Eierchen, die sie hineinlegte. Sie auszubrüten geruhte sie selbst. Aber als das Füttern anfing, da stellte sie wieder, wie beim Bauen, den Vater an. Ihr Schaffensdrang war mehr als mäßig, sie war eine ebenso anspruchsvolle wie verwöhnte Dame geworden.

Noch bevor wir den Grund für diese Wandlung herausfanden, war der Sommer schon wieder vorbei, viel zu schnell vergangen, und wir verzehrten unsere komischen Mahlzeiten in den letzten warmen Tagen allein auf der Veranda, ohne die heitere Ablenkung über unseren Köpfen.

Über was nicht alles hatten uns die Schwälbchen in diesem Sommer für kurze Stunden hinweggetröstet! Ein entsetzliches Unwetter, ein Hagelschlag, hatte das ganze Land, also auch unseren mit so viel Mühe bebauten und langsam zur Lebensnotwendigkeit gewordenen Gemüsegarten, völlig verwüstet. Die Hunde waren sehr krank gewesen, sie hatten die Lungenstaupe gehabt. Immer öfter hatte künstlicher Nebel unser Land überzogen, um es der Einsicht feindlicher Flieger zu entziehen. Der Krieg kam näher und näher, und auch wir packten nun die paar Dinge, die wir für die wichtigsten in unserem Leben hielten, in einen Koffer und machten uns mit dem Gedanken vertraut, daß wir eines Tages mit nichts als diesem kleinen Rest dastehen könnten, wie so viele, viele, die jetzt noch in unserem Land Zuflucht suchten. Der Abschied von den Schwälbchen war schwer, denn es hieß ja dieses Mal nicht nur: »Werdet ihr wiederkommen?«, sondern auch: »Werden wir noch hier sein, wenn ihr heimkehrt, oder Gott weiß wohin verschlagen, wird das Haus noch stehen, werden wir überhaupt noch leben?«

Es wurde ein harter Winter, die Erde mit Eis und Schnee bedeckt, am Himmel Bomberverbände, das Geheul der Sirenen durch die Täler. Selbst die Hunde versetzte dieser schauerliche Ton in Schrecken. Der Bartolo flüchtete sofort zu mir und ging gutwillig mit in den Keller, obwohl ihm das dunkle, meist etwas feuchte Gewölbe sichtlich unsympathisch war. Aber der Pedro sauste beim ersten Heulton in wilder Panik nicht etwa treppabwärts, sondern hinauf in den ersten Stock, ins Schlafzimmer, auf Herrchens Bett. Dies schien ihm der sicherste Platz auf der Welt zu sein, obwohl er sonst nie auf dem Bett lag. Schlecht für ihn war, daß er den Unterschied zwischen Alarm und Entwarnung nicht heraushören konnte. So geschah es des öfteren, daß er, wenn er sich schließlich ein Herz faßte und den Weg hinunter und ins Freie wagte, gerade von der Entwarnung überrascht wurde. Da gab es für ihn nur eins: kehrt und wieder hinauf! Und keine noch so schönen Reden von uns konnten ihn davon überzeugen, daß die Gefahr wieder einmal vorüber war.

So ging es in das Jahr 1945 hinein. Die Flucht aus dem Osten begann, und wir warteten voll Angst auf unsere Verwandten aus Westpreußen, die Schwägerin mit den drei Kindern. Keine Nachricht kam von ihnen, die Gerüchte über das Schicksal der Flüchtlinge wurden immer beängstigender. Endlich – es war schon Februar – an einem Sonntag kamen sie an. Es war wie ein Wunder, daß sie noch lebten und uns erreicht hatten. Da standen sie, kleine, kugelrunde Gestalten, drollig anzusehen, denn sie hatten ein paar Kleider übereinander an. Ein Rucksack voll Puppen, den das kleine Mädel trug, und ein Schlitten, den der noch kleinere Junge an einem Strick hinter sich herzog, war alles, was ihnen geblieben war. Sie hatten buchstäblich nicht mehr als das, was sie auf dem Leibe trugen. Eine Nacht richtiger Schlaf bei der Rot-Kreuz-Unterkunft auf dem Bahnhof hatte aber ausgereicht, die Kinderaugen wieder hell und glänzend zu machen – bei der Mutter würde es wohl etwas länger dauern, bis die letzten Wochen verkraftet waren. Sofort fielen sie mit ungezählten Fragen über uns her, das heißt, diejenigen, die reden konnten. Das Kleinste, erst ein halbes Jahr alt, lag in einem völlig aus dem Gleichgewicht geratenen, schiefen und verbeulten Kinderwagen und staunte stumm.

»Wo habt ihr denn eure Hunde – wo ist denn euer Haus – sind das die Berge – wie hoch sind sie denn – kann man da rauf – wie heißen sie – kann man bei euch noch rodeln – ihr habt aber große Pfützen hier . . .« Gerade in der Nacht zuvor war das Wetter umgeschlagen, und wir wateten durch Wasser- und Schneematsch den weiten Weg heimwärts.

So kamen drei Kinder ins Haus. Bald fragten sie nicht mehr danach, wann sie wohl zurück nach Westpreußen reisen würden, sprachen sie immer seltener von den schönen Spielsachen, die sie dort zurückgelassen hatten, und glaubten unseren Versicherungen, daß ihr Vater auch hierherkäme, wenn der Krieg zu Ende wäre. Ja, wenn er erst zu Ende wäre! Und was würde das für ein Ende sein – was kam dann, nach dem Ende?

Was zunächst kam, das waren immer mehr Bombengeschwader, so daß man eigentlich nur noch auf dem Sprung lebte und die anderen Flieger, die nun langsam wieder aus dem Süden bei uns eintrafen, die Bachstelzen, Rotschwänzchen, Grasmücken und an einem frühen Apriltag unsern Schwälber, beinahe übersah. Er kam, als sich die Schlüsselblümchen gerade herauswagten, und er verschwand zwei Wochen später wieder, weil es ihm allein, ohne Gesellschaft, anscheinend zu langweilig wurde.

Am nächsten Tag, einem Frühlingstag, so schön, wie er nur sein konnte, erreichte uns der seit so langer Zeit erwartete Luftangriff, hockten wir im Keller, in dem auch die Hunde zum ersten Male freiwillig in wilder Flucht erschienen, und über uns krachte, brüllte, donnerte es, warf das Echo von allen Bergen das Getöse tausendfach zurück – und wie zum Hohn bimmelte dazu unaufhörlich die kleine Kuhglocke, die als Hausschelle an der Eingangstür hing. Wir hatten Glück. Das Haus blieb verschont. Was tat es, daß es keine Fensterscheiben mehr hatte, da und dort die Zimmerdecken heruntergefallen, die Veranda etwas aus den Fugen gegangen und alles voll Staub und Verputz und Schmutz lag – es stand! Auch die nächsten Bombentrichter waren nicht im Garten, wie es sich vom Keller aus angehört hatte, sondern ein Stückchen weiter oberhalb. Nur unser herrlicher Tannenbaum, das Wahrzeichen des Hauses, hatte seine ebenmäßige Schönheit eingebüßt, der Luftdruck hatte ihm große Äste herausgerissen, er war ein Veteran geworden.

Noch war der Berg in eine tiefschwarze Rauchwolke eingehüllt, da kam mit lautem Jubel, als sei nichts geschehen, unser Schwälber von seinem Ausflug zurück, und mit ihm seine Frau, die ihm nun schon im dritten Jahr die Treue hielt. Ob er ihr wohl entgegengeflogen war? Die beiden fanden es ganz selbstverständlich, daß die Veranda noch stand, die Nester, das Stängelchen und der kleine Ast noch an ihren alten Plätzen waren, und bei uns wagte sich, als wir uns an das Putzen und Aufräumen des gröbsten Durcheinanders machten, auch schon ab und zu ein Lachen und ein bißchen Optimismus hervor, als so viel schmetternder Gesang zu unserer Arbeit erscholl.

Die Schwälbchen schliefen friedlich auf ihren altgewohnten Plätzen, als uns in der Nacht noch einmal die Sirenen aufschreckten, der Himmel sich vom Widerschein großer Brände unheimlich über den Bergen färbte. Sie nahmen es uns einige Tage später auch nicht übel, als wir ein paar Schmucksachen in ihren Nestern versteckten, sie blieben auch am Leben, als überall die Gewehre fremder Soldaten knallten, und sie flogen wohl erschrocken auf, als die Uniformen auch in unserem Haus erschienen, waren aber nicht so töricht wie der Bartolo, den im ungeeignetsten Augenblick eine Anwandlung von Heldenmut überkam, so daß er uns verteidigen und beschützen wollte, was beinahe schlimm für ihn ausgegangen wäre.

Es war in diesem unruhigen, aus aller Ordnung geratenen Jahr durchaus ein Vorteil, daß die eigensinnige Schwalbendame die Veranda als Heimstätte ausgesucht hatte und auch diesmal darauf bestand, draußen zu bleiben, obwohl ihr Gatte sie wieder einmal zu überreden versuchte, in das Haus zu ziehen. Es wäre bei der herrschenden Unsicherheit unmöglich gewesen, von morgens um vier den ganzen Tag die Tür offenstehen zu lassen, denn Pedro und Bartolo waren ja keine Wachhunde; alles andere als das, sie waren fröhlich und dekorativ, und es mußte jemand schon ein ganz besonders ängstliches Gemüt haben oder einen völligen Mangel an Hundeverstand, um sich vor ihrem Gebell zu fürchten, das mehr der gegenseitigen Ermunterung und Belustigung galt und im wahrsten Sinne des Wortes das war, was man »Angabe« nennt. Und schliefen sie gar, wenn irgend etwas geschah, dann war es überhaupt weit gefehlt, mit ihnen zu rechnen – dann schliefen sie den Schlaf der Gerechten, ein ineinandergerolltes, tiefatmendes, braungrau-schwarz-weißes Fellknäuel, in ihrem gemeinsamen Korb, der schon der dritte war. Die beiden ersten hatte der Bartolo systematisch in ihre Bestandteile zerlegt.

So lebten wenigstens die Schwälbchen verhältnismäßig ungestört ihr gewohntes Leben, während wir uns mit immer neuen, keineswegs erfreulichen Überraschungen herumschlagen mußten. Wir wurden in diesem Frühjahr immer schlanker, und die sonst im Garten so verpönten Brennesseln kamen zu der Ehre, ein paarmal in der Woche Hauptmahlzeit zu werden, denn wir sind ja hier mit dem Wachstum und der Ernte im Gemüsegarten spät dran. Der Pedro entwickelte in dieser mageren Zeit einen sechsten Sinn, der ihm ab und an zu einem vollen Magen verhalf: eine Ahnung für Schwarzschlachtungen. Nirgends in der Gegend konnte so heimlich etwas geschlachtet werden, daß er nicht dahintergekommen wäre. Wenn wir ihn plötzlich im Garten den Kopf heben und aufgeregt genüßlich in die Luft schnuppern sahen, dann hätte man jede Wette eingehen können, daß irgendwo ein Kalb in aller Stille sein Leben gelassen hatte. Wenn es dunkelte, verschwand der Pedro für kurze Zeit und kehrte kugelrund, dem Platzen nahe, von den Köstlichkeiten, die er hinter irgendeinem Stall ausgegraben hatte, zurück. Natürlich zankten wir ihn pro forma, und der Bartolo, kleiner als er und sonst durchaus von ihm beherrscht, knurrte ihn böse an zur Begrüßung, packte und schüttelte ihn. Der Pedro nahm alles hin, unsere Ansprachen und Bartolos respektlose Mißfallenskundgebungen – er leckte sich das Maul.

Die Schwalben hatten es am leichtesten, sie brauchten sich kaum zu bemühen, schön satt zu werden. Es war herrliches Wetter, sie schwelgten wahrhaft im Überfluß, brauchten eigentlich nur beim Fliegen die Schnäbel aufzusperren, und schon war wieder ein guter und reichlicher Happen verspeist. Und wir, wir hatten durch sie, wenn wir unsere immer kleiner und kläglicher werdenden Mahlzeiten auf der Veranda einnahmen, wenigstens ein bißchen Spaß. Die Unterhaltung drehte sich einmal für eine kurze Weile nicht um Sorgen und Nöte, und bei den Kindern, für die ein Leben mit Vögeln im Haus, die nicht in einen Käfig eingesperrt waren, etwas ganz Neues war, rutschte der besonders bei dem kleinen Volk so wenig beliebte Brennesselspinat etwas leichter hinunter.

Alle unsere Schwalbengeschichten mußten wir erzählen, ganz genau wollten sie alles wissen, aber es dauerte gar nicht lange, da steuerte der fünfjährige Jörg seinerseits Schwalbenbeobachtungen und Berichte über alle möglichen anderen Tiere bei. Er hatte sich bei seinen selbständigen Erkundungen der näheren Umgebung auf einem benachbarten Bauernhof mit den Leuten angefreundet, und wenn man ihm glauben durfte, so war er dort bereits eine geschätzte Arbeitskraft, die für ihre Leistungen auch mal eine Brotzeit und ein Glas Milch bekam. »Dort gibt es noch mehr Schwalben als bei euch«, berichtete er. »Im Kuhstall sind ein paar Nester, da fliegen sie zu den Fenstern rein, und die Kühe stört das gar nicht, die gucken gar nicht hin. Die kauen nur immer.« Er wurde natürlich von uns ob seiner Tüchtigkeit in der Landwirtschaft, aber auch wegen seiner Vogelbeobachtungen sehr gelobt, was ihn wiederum veranlaßte, sehr ausführlich über ein Schwalbennest zu erzählen, das sich dort im Haus auf der Lampe im Klosett befand; auch unter dem Dach an der Hauswand gab es Nester, »aber die Schwälbchen sehen anders aus, mit viel mehr Weiß, und wenn man sich auf die Bank vor dem Haus setzt, dann fallen einem Kleckse auf den Kopf.« Bei einer solchen Gelegenheit erfuhren wir auch, daß »der Ochse der Mann von der Kuh und der Stier der Vati von den Kälbchen war«. Ein kleiner, in der Landwirtschaft tätiger Neffe hatte uns offenkundig bislang in unserem Dasein gefehlt.

Wieder blieben uns dieses Mal genauere Beobachtungen über die erste Jugend unserer kleinen Schwälbchen vorenthalten, denn als Kinderstube war das Nest hoch oben an den Mittelbalken gewählt worden. Wir wußten lange Zeit nicht genau, wie groß der Familienzuwachs war. Eierschalen hatten wir keine gefunden, sie waren irgendwo draußen in der Wiese von den vorsichtigen Eltern abgeworfen worden; nur an dem recht beachtlichen Geschrei, mit dem die Eltern begrüßt wurden, wenn sie Futter brachten, und dem häufigen Wechsel, den wir mit dem auf dem Fußboden ausgebreiteten Papier vornehmen mußten, konnten wir schließen, daß der Kindersegen zahlreich war.

Wirklich, es waren fünf. Es stimmte also anscheinend, daß die Natur sich bemühte, nach schlechten Jahren einen Ausgleich herzustellen, und daß die Zahl der Schwalben wieder zunehmen würde. Auch Frau Schwälbchen hatte ihre sträfliche Faulheit vom vorigen Jahr überwunden. Sie war wieder eine fleißige, vorbildliche Mutter – und sauber, sauber! Mehr als einmal am Tag wurde da oben ein Großreinemachen im Nest veranstaltet, und dem Vater blieb oftmals, wenn er mit einem Schnabel voll Futter neben dem Nest saß, nichts anderes übrig, als es sich schließlich selbst einzuverleiben, wenn die Putzwut seiner Frau gar zu lange anhielt.

Soweit wäre alles gut und in schönster Ordnung gewesen, wenn es die amerikanischen Flieger nicht gegeben hätte, die sich einen Spaß daraus machten, mit Donnergetöse im Tiefflug durch das Tal zu jagen, knapp über die Dächer und Bäume hinweg. Das mißfiel unserem Schwälber gründlich. Wie sollte er, wie früher, auf einem der Lichtleitungsdrähte singen, wenn er jede Minute damit rechnen mußte, daß so ein Ungeheuer angebraust kam? Wie konnte er es wagen, seine Kinder traditionsgemäß in den Nußbaum oder in die Weiden auszuführen, wenn diese Plätze lebensgefährlich geworden waren? Er mußte sich große Sorgen gemacht und, als verantwortungsbewußter Familienvater, gründlich über dieses gänzlich neue Problem in seinem

Schwalbendasein nachgedacht haben. Die Lösung, die er fand, war verblüffend.

In unmittelbarer Nähe der Veranda steht ein alter, sehr großer Jasminstrauch, daneben eine Robinie, deren Äste gleich über dem Boden anfangen, und – niemand weiß, wie sie dahin kam – eine Eberesche. Da ich nun nicht zu den Leuten gehöre, die viel an Büschen und Bäumen herumschneiden, so war da eine Art kleiner Urwald entstanden, der jeden schneidewütigen, richtigen Gärtner entsetzt hätte. Dorthinein schaffte unser Schwälber seine Kinderschar. Es war eine wahre Meisterleistung, wie er die kleine, noch ungeschickt flatternde Gesellschaft an den vielen Ästen vorbei bis in das Innere dieses Dschungels lotste, und recht mühevoll für die Eltern, dann selbst mit dem Futter jedesmal in das Ast- und Blattgewirr hineinzusteuern. Aber da drinnen hatte er seine Sprößlinge auf Nummer Sicher, dort konnte sie kein Flieger übermäßig erschrecken, keine Katze zu ihnen vordringen, obwohl sie nur zwei oder drei Meter über der Erde saßen. Da konnte es auch schon mal einen ordentlichen Regenguß geben, da drinnen wurden sie nicht naß. Sie wurden auch in der Nacht dortgelassen, saßen brav nebeneinander, und – herumgeflogen wurde zunächst einmal überhaupt nicht.

Als ihnen das ewige Nur-so-Dasitzen zu langweilig wurde, da fingen sie an, von Ast zu Ast zu hüpfen und an den Ästen und Blättern herumzupicken, eine den Schwalben durchaus nicht gemäße Lebensweise, eher ähnlich der der Grasmücken. Auch als man ihnen das Fliegen schließlich doch erlaubte, wurden sie immer wieder in den Jasmin zurückgebracht, und als sie selbständig waren, kehrten sie freiwillig von ihren Ausflügen in das Versteck zurück. Man konnte wieder einmal nur staunen. Die Eltern, gänzlich beruhigt über das Schicksal ihrer Kinder, machten sich dann auch bald an die zweite Brut. Das Nest in der Ecke wurde ein bißchen neu gepolstert, und um dieses Jahr ein übriges zu tun und den schlechten Eindruck, den sie voriges Jahr bei uns hinterlassen hatte, ganz zu verwischen, legte Frau Schwälbchen nochmals fünf Eier. So viel Tüchtigkeit mußte ja nun auch wieder anerkannt werden!

Wieder waren es lauter wohlgeratene Kinder, die ohne Nahrungssorgen groß wurden, und anscheinend fanden sie es genauso spaßhaft, unser Tun und Treiben zu beobachten, wie wir ihr Gehaben unterhaltsam fanden. Unser Leben spielte sich ja auch immer mehr auf der Veranda ab, wenigstens jetzt im Sommer, denn das Haus wurde immer voller, wir hatten neue Einquartierung bekommen. Das Atelier hatten wir geräumt und es im Obergeschoß provisorisch neu eingerichtet. Im ehemaligen Atelier wurde jetzt serbisch gesprochen, im Obergeschoß hingegen tschechisch geredet. Es ging zu wie in einem Taubenschlag. Wir selbst waren immerhin auch schon zu sechst, und hoffentlich bald sieben, denn irgendwann mußte doch endlich auch der Vater der Kinder kommen.

Es war einer der seltenen glücklichen Tage, als uns die Nachricht überbracht wurde, daß er noch lebte und in Frankreich in Gefangenschaft war. »So ist also der Vater doch nicht tot«, sagte der kleine Jörg, als die Mutter ihren Kindern die Freudenbotschaft mitteilen konnte – und wir hatten alle gedacht, immer besonders vorsichtig in unseren Gesprächen gewesen zu sein. Nun hatte der kleine Kerl seinen Kummer wohl schon lange Zeit allein mit sich herumgetragen. Es dauerte noch Monate, bis sein Vater kam, da flogen unsere Schwalben mit ihren zehn Kleinen schon lange unter der Sonne Afrikas herum, war Weihnachten vorüber.

Wenn ich mich heute an diese Monate und auch die nächsten Jahre zu erinnern versuche, dann kann ich die Geschehnisse nicht recht auseinanderhalten. Es kam die Nachkriegszeit mit all ihren Kümmernissen, dem Kampf um die Existenz, schwerer, ungewohnter Arbeit, Krankheiten aus Mangel und Not, Haß der Menschen untereinander, Anfeindungen und Schikanen. Ich schrieb nichts mehr über meine Schwalben auf, es fehlte die Zeit, es fehlte die Stimmung. Es war, als ob sich alles zum Bösen verschworen hätte, nichts ging gut, im großen nicht und nicht im kleinen. Unseren Pedro ereilte das Schicksal, er starb an Gift, und auch die Schwälbchen wurden in den Kreis des allgemeinen Unheils hineingezogen, eine ganze Brut verhungerte in einer Schlechtwetterperiode vor unseren Augen, wir konnten nicht helfen, das bißchen Fleisch nicht auftreiben, um sie zu retten.

Ich glaube, die Schwälbin von der Veranda kam noch einmal, dann blieb sie aus. Unser Schwälber zog mit einer neuen Frau wieder in den Küchenflur. Sie bauten auf den Fundamenten des ersten Nestes auf dem Ofenrohr ein neues Nest – das alte hatten wir eines Tages entfernt, es war zu verwohnt, zu brüchig gewesen, sicher wäre es sonst noch unter seinen Insassen zusammengebrochen.

Vieles habe ich vergessen aus dieser Zeit, aber eines weiß ich sicher: Neun Jahre lang war dieser Schwälber unser Hausgenosse, und ich glaube, das ist eine lange Zeit für ein Vogelleben, für ein so gefahrenreiches Leben, wie es eine Schwalbe führt. Er starb nicht hier. In einem Frühjahr warteten wir vergeblich auf ihn, und es paßte so recht in all die Trübsal, in unser so arm gewordenes Leben, daß auch er nun daraus verschwunden war.

Aber die Nester verwaisten nicht, sie blieben nicht einen Sommer leer. Ein Paar fand wieder den Einflug in die Veranda, und es schien uns fast, als sei ihm alles, was es dort fand, samt uns menschlichen Bewohnern und auch dem Hund Bartolo, gar nicht fremd und ungewohnt. Vielleicht waren beide aus unserem Haus, wer konnte es wissen?

Jedenfalls waren sie willkommen, und es war wohl zur gleichen Zeit, als diese neue Schwalbenära begann, daß auch für uns – man könnte es fast so nennen – ein neues Leben anfing. Die fremden Menschen zogen weiter, wir putzten, besserten Schäden aus und pinselten frische Farben, wir sortierten uns auseinander, die Kinder mit ihren Eltern, als die zahlreichere Familie, bezogen das Erdgeschoß, wir richteten uns oben ein.

Aber nun hatte ich ja keine Schwalben, zwar noch Schwalben unten im Haus, aber keine oben bei mir. Die unten auf der Veranda oder im Küchenflur gehörten jetzt wohl der Verwandtschaft, die mit ihnen bereits längere Zeit auf du und du stand. Für den Kleinsten, um den man sich in all den Wirren so wenig hatte kümmern können, war unser Schwälber so ungefähr die einzige Gesellschaft gewesen, wenn er die warmen Sommertage draußen im Garten verbrachte, wohin er gleich des Morgens mit seinem Bettchen geschoben wurde. Da stand er in einer Ecke des Bettchens, hielt sich an den Holzstäben fest und sah unentwegt zu dem Schwälber hinauf, wenn dieser auf seinem neuen Lieblingsplatz, einem Fensterladen im Obergeschoß, saß und seine Lieder zwitscherte, nachdem ihn die Flieger vom Draht vertrieben hatten. Das Mädel, die Älteste, sieben Jahre, als sie hierherkam, hätte sicher oft bessere Auskunft über die Familienverhältnisse der Schwalben geben können als über ihre Rechenaufgaben, mit denen sie sich, sozusagen unter Aufsicht der Schwalbeneltern, abmühte. Und erst ihr Bruder! Für ihn, der zu seinem Leidwesen die Tätigkeit in der Landwirtschaft nicht mehr hauptamtlich ausüben konnte, sondern auch zur Schule mußte, bedeuteten die Schwalben und überhaupt alles, was da kreuchte und fleuchte, eine willkommene Ablenkung beim Aufgabenmachen, zu dem er Stunden und Stunden brauchte. Heu machen, Laub zusammenrechen, Kühe füttern und – oberbayrisch sprechen lernen war halt doch viel schöner gewesen als in die Schule gehen! Ja, es war schon so, die Schwalben auf der Veranda gehörten nun nicht mehr mir, und auch das zweite Paar, das im Spätsommer den Küchenflur entdeckte, mußte zu dem Haushalt im Erdgeschoß gerechnet werden. Der Schwälber auf der Veranda legte den Neuankömmlingen beim Ein- und Ausfliegen keine allzu großen Schwierigkeiten in den Weg, er hatte seine zwei Bruten bereits großgezogen, er war nicht mehr unbedingt in Kampfstimmung. Die beiden Neuen waren ein friedliches, bescheidenes Paar, eine Familie wollten sie nicht mehr gründen, aber es gefiel ihnen bei uns, und die Vermutung lag nahe, daß sie beide, oder einer von ihnen, im Frühjahr wiederkommen würden, da sie ihre letzte Wohnung anscheinend aufgegeben hatten. Aber ob das dann gutgehen würde, zwei ebenso heirats- wie rauflustige Männer auf so engem Raum beisammen? Da kam mir die Idee, den Versuch zu unternehmen, ein Paar zum Umzug zu veranlassen, zum Umzug hinauf ins Obergeschoß zu mir.

Es war uns klar, daß wir den Herrschaften etwas bieten mußten, wenn wir mit unserem Unternehmen eine Chance haben wollten. Also ein Nest! Wir montierten das Nest samt Brettchen über der Ateliertür ab, beließen also für alle Fälle das Nest auf dem Ofenrohr, und gingen im Obergeschoß auf die Suche nach einem geeigneten Platz. Der beste schien uns der Flur, der vor Jahren auch einmal Viktor-Viktoria und seiner Mutter so gut gefallen hatte. Er hatte einen bequemen Einflug durch das Fenster an der Südwestseite des Hauses, das Fenster konnte ganz nach Wunsch offenbleiben, wir konnten einen Draht zum Sitzen quer über den Flur spannen, und es war sicher auch das Gescheiteste, das Nest gleich vorn neben dem Draht, etwa zwei Meter vom Fenster entfernt, in der direkten Einfluglinie, anzubringen. Der Einflug für die Schwalben unten und die oben würde auf diese Weise an zwei verschiedenen Hausseiten liegen, so getrennt, daß bei etwas gutem Willen ihrerseits sich die verschiedenen Familien nicht ins Gehege zu kommen brauchten. Wie beschlossen, wurde es gemacht, und nun mußten wir nur auf die Schwalben warten.

Wir warteten nicht lange. In den ersten Apriltagen wurde Nummer eins gesichtet, als sie mit auffordernden einzelnen scharfen Zwitschertönen ums Haus flog. So ein Schwalbenzwitscherton ist gar nicht zu überhören, er klingt sehr klar und deutlich aus den Stimmen der Amseln, Buchfinken und Meisen heraus, die um diese Zeit schon eine Weile lebhaft im Garten musizieren. Der Herr von der Veranda war es offenkundig nicht, denn dort ließ er sich nicht nieder, er flog nur die Tür an und in eleganten Kreisen ums Haus herum. Ich riß unser Flurfenster auf. Nun würde es sich zeigen, ob das Experiment glückte. Alle Hausbewohner wurden von der Spannung erfaßt und lagen auf der Lauer. Da, nun flog er das Fenster, dieses einzige offene Fenster des Hauses, an, aber nicht herein. Mit kurzem Schwung kehrte er um. Noch einmal und noch einmal, und dazwischen ging's immer wieder ums Haus herum. Aber jetzt, jetzt war er drinnen – nein, schon wieder draußen! Ich war ganz aufgeregt auf meinem Beobachtungsposten hinter einem Türspalt. Nun zog er wieder eine Zeitlang, alles scharf beäugend, seine Kurven ums Haus, peilte auch zwischendurch die Verandatür an, aber die blieb geschlossen. Dann setzte er sich erst einmal auf den noch kahlen Nußbaum und sah sich die Situation in aller Ruhe aus der Entfernung an. Von dort hatte er den besten Gesamtüberblick über die Hausfront mit dem offenen Fenster.

Entweder war er zufrieden mit dem, was er sah, oder die Neugier siegte, er kam wieder herein – und nahm auf dem Draht Platz. Keineswegs zur Ruhe. Der Kopf ging lebhaft und aufmerksam nach allen Seiten, seine Haltung zeigte, daß er sofort bereit war, bei der geringsten Störung wieder hinauszuschießen. Nichts Verdächtiges geschah. Er schien sich zu beruhigen. Er flog ein paarmal aus und ein, dann verschwand er.

Am nächsten Vormittag war er wieder da, das Fenster stand schon einladend offen. Diesmal wurde der Flur genauer besichtigt und das Nest betrachtet. Wenn wir auf dem Flur erschienen, war er wie der Blitz fort. Aber das war für uns kein Grund für Befürchtungen, es war sein gutes Recht, mißtrauisch zu sein. Mit der Zeit würde er schon einsehen, daß ihm hier nichts Böses drohte. Es dauerte aber doch ein paar Tage, bis er sich zum Übernachten entschloß. Wir passierten den Flur im Finstern, um ihn nicht durch das An- und Ausknipsen des Lichtes zu erschrecken, natürlich schlug ich mir ein Knie mit Vehemenz an eine Stuhlkante, und mein Mann hatte Gelegenheit, Betrachtungen darüber anzustellen, wann ich »Au« schrie und mich »anstellte« und wann ich »schweigend litt«.

Nach einer Woche, gerade als der Schwälber von der Veranda unten aufkreuzte, hatte er sich bei uns eingewöhnt. Sehr freundlich waren die beiden nicht zueinander, wenn sie sich draußen über dem Garten begegneten. Es ist immer wieder beängstigend, zuzusehen, wenn zwei Schwalben sich mit Höchstgeschwindigkeit jagen, rauf, runter, um die Bäume, um die Ecken. Aber es geschah kein Unglück. Unten kam eine Braut ins Haus, das heißt in die Veranda, und mein Schwälber oben setzte sich auf den Fensterladen, auf den Telefondraht und ins Nest und bemühte sich, durch lautes Geschrei auch ein weibliches Wesen herbeizulocken. Es dauerte tatsächlich nicht lange, bis eine Dame für ihn und seine Wohnung Interesse zeigte. Ob es seine Frau vom vorigen Jahr war, weiß ich nicht. Es kann sein. Die beiden wirkten für eine neugeschlossene Bekanntschaft zu vertraut miteinander. Sie schloß sich ihm ohne großes Getue und Sich-rar-Machen an, blieb auch gleich in der ersten Nacht an seiner Seite auf dem Draht, bloß – das Nest paßte ihr nicht. Er konnte sich noch so herausfordernd darin rekeln, es noch so sehr anpreisen, sie sagte: »Nein, danke.« Aber sie fing nun ihrerseits an, den Flur zu untersuchen, und bald konnte man nicht länger über die Platzwahl, die sie getroffen hatte, im Zweifel sein. Der dunkelste Winkel, dort, wo die Treppe schräg in die Decke einschneidet, diese Ecke hatte es ihr angetan, da versuchte sie zu bauen.

Es war wieder einmal ein Brettchen fällig! Da half kein Murren, der Herr des Hauses mußte es anmachen. In einem normalen Haus ist so etwas ja auch weiter keine Aktion. Aber in unserem alten Bruchsteinhaus, wo man erst einmal ein halbes Dutzend Nägel krumm schlägt und eine Anzahl Löcher in der Wand dann davon Kunde gibt, wieviel vergebliche Versuche hier unternommen wurden, einen lächerlichen Nagel anzubringen, ist es auch wieder verständlich, wenn ein solches Ansinnen nicht gerade mit Begeisterung aufgenommen wird. Es war dann auch ein ähnliches Wort wie »Weiberwirtschaft« zu hören, und ich tat so, als ob ich selbstverständlich annähme, daß es auf das »Weib Schwalbe« gemünzt war, und stimmte lebhaft zu. Aber dann sah selbst der Hausherr – man muß anstandshalber zugeben, er hat es nicht leicht, es werden Dinge von ihm verlangt, die doch etwas außerhalb der Norm liegen – sehr interessiert und belustigt zu, wie da ein Nest kunstgerecht in die Ecke gebaut, eigentlich hineingeklemmt wurde; ein bißchen zu klein vielleicht durch den schiefen Winkel, aber möglicherweise wollte das Ehepaar dem Drei-, höchstens Vier-Kinder-System huldigen. Doch was auch immer die Zukunft ihnen und uns bescheren mochte, vorläufig bestand aller Grund, in den Ruf auszubrechen: »Heureka, wir haben gewonnen, wir haben Schwalben!«

Junge und tüchtige Schwalben, wie sich bald erwies. Mit Hilfe eines Spiegelchens zählte ich sechs Eier im Nest, sehr liebevoll wieder einmal in nur feinste weiße Federn gebettet. Die kleine Schwalbenfrau widmete sich voll Pflichtbewußtsein ihrer Aufgabe. Sowenig wie nur möglich legte sie während des Brütens Pausen zu ihrer Ernährung ein. Ihr Mann leistete ihr bei diesem Hausarrest freudig Gesellschaft, meist saß er auf dem alten Nußbaumschrank, der dem Nest gegenüberstand, und sah zufrieden zu seiner Frau hinüber. Er brütete im Geiste mit und hatte nebenbei ein wachsames Auge auf alles, was am Flurfenster vorbeiflog. Wir taten ein übriges und brachten ein schön gebogenes Ästchen beim Nest an, damit er dort, in nächster Nähe seiner Frau und der zukünftigen Familie, übernachten konnte. Es herrschte eitel Glück und Zufriedenheit.

Aber eng ging's in dem Nest zu als sechs Schwälbchen darin größer und größer wurden! Es war ein beängstigendes Geschubse und Gedränge, und für die Eltern war der Tag kaum lang genug, um sie alle satt zu kriegen. Auch als das Flügelschlagen als Vorübung für den Ausflug geübt wurde, fiel keines aus dem Nest, obwohl sich manchmal eines gerade noch mit Ach und Krach am Nestrand festhielt und sich dann mit Müh und Not wieder zwischen die Geschwister hineindrängte, denen es gar nicht einfiel, zusammenzurücken und ihm Platz zu machen. Keines der dummen Dinger riskierte es, auf den Ast hinauszusteigen und so die Fülle etwas zu verteilen. Aber als ich eines Morgens aus dem Schlafzimmer kam, waren sie alle fort.

Der erste Ausflug mußte eine Meisterleistung der Regie gewesen sein. Ich guckte vorsichtshalber hinter und unter die Schränke, auch auf der Treppe und unten im Flur nach. Keines war verunglückt, nichts war mehr von ihnen zu sehen. Auch draußen auf den bekannten Plätzen entdeckte ich sie nicht. Erst am späten Nachmittag gab es ein Getümmel ums Haus, und der Veranda-Schwälber, dessen vier

Kinder noch im Nest saßen, sorgte dafür, daß das Durcheinander vollkommen wurde. Doch schließlich gelang es den Eltern, ihre Kinderschar auf den Draht vorn neben dem verschmähten Nest hereinzubringen. Ich zählte einmal, ich zählte zweimal – großes Staunen: Es waren nicht sechs, es waren sieben! In dem Gedränge im Nest war uns eines entgangen, die Schwälbin mußte nach meiner Kontrolle noch ein Ei gelegt haben.

Wir hatten also unsere Schwalbensaison im ersten Stock mit einem Rekord eröffnet. Sieben Kinder waren noch nicht dagewesen. Und was für Kinder! Alle Typen waren vertreten. Zwei besonders große, dicke Burschen waren darunter, andere, bei denen schon jetzt zu erkennen war, daß sie mehr weiße oder bräunliche Brüstchen bekamen, ein Tuttelchen auf dem Mittelplatz und zwei besonders reizende ganz kleine, die unzertrennlich waren. Leider konnten wir uns nicht lange an ihnen erfreuen. So rasch wie möglich räumte der Vater den Flur von seinen Erstgeborenen, die nächste Brut wurde fällig; fünf Eier lagen im Nest, wieder in dem selbstgebauten.

Das Paar unten war nicht so ehrgeizig, ihm genügten wiederum vier Kinder. Immerhin, alle zusammengerechnet ergaben die stattliche Anzahl von zwanzig, und es schien, als ob diese beiden Familien alle Schwalben der Gegend im Herbst zum großen Treffen eingeladen hätten. Fast eine Woche lang war die nähere Umgebung unseres Hauses der Sammelplatz. Es sah entzückend aus, wenn sich der große Schwarm nicht nur auf den Drähten, sondern auch wie eine flirrende silbrige Wolke auf dem Nußbaum oder den Birken in unserem Garten niederließ. Es war eine richtige Abschiedsfeier, ein Fest! Und wieder einmal erhob sich die Frage: Was wird aus ihnen, aus so vielen? Muß eine solche Menge dieser gesunden, lustigen kleinen Vögel auf die Welt kommen, damit ein gewisser normaler Bestand erhalten bleibt? Müssen so viele sterben?

Wir gaben uns in diesem Herbst alle Mühe, eine kleine Frau Buchfink am Leben zu erhalten. Wir mochten sie alle besonders gern, sie war so zart, so zutraulich, wir waren so gut bekannt miteinander. Sie kam regelmäßig aufs Futterbrett und an eine Bank im Garten, wo die Krümel für sie ausgestreut wurden. Und nun ging sie nicht mehr so hübsch und zierlich herum, fiel kläglich um, wenn sie sich nach einem Flug niedersetzen wollte, hockte aufgeplustert krank in den Winkeln – sie hatte nur noch ein Beinchen. Es war ein Glück, daß sie an bestimmte Futterplätze gewöhnt war, so konnte sie sich wenigstens ohne allzu große Anstrengung ernähren.

Es dauerte ein paar Wochen, bis wir merkten, daß das Beinchen doch noch vorhanden war. Sie hatte es die ganze Zeit so hoch unter die Federn heraufgezogen, daß wir es nicht sehen konnten, aber es war in eine ganz falsche Richtung gedreht, und der Fuß hing nur noch an einem Fädchen. Doch sie sah schon wieder besser aus als unmittelbar nach ihrem Unfall, nicht mehr so aufgeplustert, das Gefieder lag wieder hübsch glatt und glänzend an, der Kopf wurde wieder lebhafter bewegt. Sicher war sie mit dem Fuß irgendwo hängengeblieben. Wir hatten das schon öfter erlebt. Eine Amsel hatte die Verletzung nur ein paar Tage überlebt, wir fanden sie dann tot auf der Wiese. Aber eine Kohlmeise mit nur einem Fuß war jahrelang im Winter unter unseren Gästen gewesen. Zu unserer großen Freude schaffte es auch die kleine Buchfinkin. Eines Tages war das Füßchen ab, und nach einer Weile hatte sich das Bein wieder in die normale Lage gerichtet. An Stelle des Füßchens bildete sich ein Knorpel, auf den sie sich stützen konnte. Reizend herumtrippeln freilich, wie Buchfinken das tun, konnte sie nicht mehr. Sie mußte hüpfen lernen wie ihre ärmeren, weniger anmutigen Verwandten, die Spatzen – aber sie lebte. Zwei Jahre war sie noch bei uns im Garten. Dann beging sie den Fehler, mit den anderen Buchfinken wegzuziehen, die, wer weiß, warum, wieder einmal im Winter von der Reiselust gepackt wurden, nachdem sie jahrelang auch bei strengster Kälte hiergeblieben waren. Sie kam nicht wieder. Sicher war sie den Strapazen und besonders der Futtersuche in der Fremde nicht gewachsen gewesen. Schade. Auch sie hinterließ eine Lücke.

Aber sonst konnten wir es im Winter nun an Reichhaltigkeit langsam fast mit einem Tierpark aufnehmen. Wir hatten außer unseren alten Gästen bemerkenswerte Neuerscheinungen zu verzeichnen. Als erstes einen Kirschkernbeißer, einen Vogel, den man sonst hier nie sieht. Das war ein Spaß! Dem schmeckte es bei uns! Als er allerdings eines schönen Tages auf die Idee kam, wie wild auch auf die Fensterscheiben loszuhacken, da mußten wir in seiner Reichweite einen starken Pappdeckel einklemmen; das Glas hätte der Wucht seines Angriffs nicht lange standgehalten. Wir sind nie dahintergekommen, warum er das tat. Es kam wie eine plötzliche Verrücktheit über ihn, wie ein Amoklauf – aber sonst war er dabei ganz normal. Er beehrte uns nur im Winter; im Sommer war er nirgends zu erblicken.

Mit einem Buntspechtpaar war das anders. Die waren schon des öfteren während des Jahres auf den Bäumen gesichtet worden, sie sind ja auch nicht zu übersehen, wenn sie farbenfroh, schwarz und weiß und rot, die Stämme hinauf- und hinunterrennen und jeden Ritz untersuchen. Da müssen sie eines Tages vom Nußbaum aus die Margarine erspäht haben, die ich immer für die Meisen an den Rand des Fensterbrettes strich und auch in kleinen

Scheiben auf den Deckel des aufgehängten Futterkastens klebte. Man konnte nur den Eindruck haben, daß Margarine das Futter war, das sie sich ihr Leben lang gewünscht hatten! Sie flogen mit Elan vom Nußbaum aus das Fenster an, ohne alle Scheu, hingen wie Luftakrobaten an dem heftig schwingenden Futterkasten und hatten sich bald eine sehr lukrative Technik angeeignet, mit schiefem Kopf in einem ganz flachen Winkel die Margarine sauber abzusäbeln. Ab und zu wurden während des Speisens entzückte Zirptöne ausgestoßen. Schon des Morgens in aller Herrgottsfrühe verkündeten sie uns, daß sie bei der ersten Mahlzeit waren. Sie kamen auch im Frühjahr, nicht mehr so häufig, aber doch noch ab und zu, und dann, ja dann im Sommer, als ich längst zu füttern aufgehört hatte, tauchten sie wieder auf und stellten Ansprüche. Ich fiel natürlich prompt auf so viel »Anhänglichkeit« herein, trotz der dozierenden Reden meines Mannes, daß ich die Vögel von ihrer in der Weltordnung verankerten Bestimmung, Insekten zu vernichten, abhalte. Sie luden sich den Schnabel voll Margarine, soviel nur irgend hineinging, um die Kinder, irgendwo in der Nähe in einer der Fichten oder Lärchen, mit Margarine zum Nachtisch zu belohnen, wenn sie schön brav gewesen waren. Aber nur ein einziges Mal in all den Jahren bekamen wir die Kleinen auch vorgestellt, die Eltern schienen ihr Margarinegeheimnis nicht verraten zu wollen.

Eines muß noch lobend erwähnt werden. Diese so viel größeren und stärkeren Vögel mit den gefährlichen Schnäbeln nahmen sich nie etwas gegen ihre kleineren gefiederten Konkurrenten heraus, sie waren nett und verträglich, griffen nie einen anderen Hungrigen an. Die Damen Dompfaff, die nach einer Pause von ein paar Jahren uns jetzt geradezu in Scharen beehren, könnten sich ein Beispiel an ihnen nehmen. Sie sind inzwischen nicht milder geworden, beherrschen ihre schönen Männer wie eh und je und streiten mit allen anderen Vögeln, einerlei, wer es ist. Aber was soll man machen? Man muß sie nehmen, wie sie sind: dick, böse und gefräßig. Wir haben keine Möglichkeit, veredelnd auf ihren Charakter einzuwirken, obwohl wir nach so vielen Jahren langsam etwas von Vögeln und ihrem Tun und Treiben im allgemeinen und auch im besonderen zu wissen beginnen. Aber wirklich auch nur »etwas«. Zwar ist dieses »etwas« viel, zum Beispiel im Verhältnis zu dem, was ich früher in der Großstadt wußte, als meine Bekanntschaft mit ihnen nicht weit über einen Kanarienvogel und einen Reisvogel hinausreichte, die meine Mama nacheinander in einem Messingkäfig hielt, aber es ist und bleibt wenig, sehr wenig gegenüber dem Neuen, das sich immer wieder in der Natur ereignet und teils durch das Verhalten der Vögel selbst, teils durch äußere Einflüsse, also vor allem durch das Wetter, bedingt ist.

Diese Einflüsse zu studieren und über die Schwalben nachzudenken und sie zu beobachten, dazu hatten wir nun wieder mehr Muße als in der bewegten Zeit, die glücklicherweise hinter uns lag. Endlich konnten wir uns wieder mit Dingen befassen, die sonst auf Kosten anderer, notwendigerer, immer zu kurz gekommen waren. Und derer gab es eine ganze Menge.

Warum zum Beispiel kamen unsere Schwalben jetzt so viel zeitiger im Jahr als früher, vor etwa zwanzig Jahren? Damals kamen sie im Mai, Anfang oder auch erst Mitte des Monats. Und nun? Bereits im April, in den ersten Apriltagen. Warum? Bei uns hatte sich das Klima doch nicht so entscheidend geändert, daß ein so viel früherer Termin gerechtfertigt wäre. Lag der Anlaß bei uns unbekannten Verhältnissen in Afrika oder vielleicht in einer Änderung des Reisewegs oder der Reisegeschwindigkeit? Wir fanden keine Erklärung.

Und was war mit dem Rückflugsdatum? Es hatte sich nicht so verschoben, wie man es nach der so viel früheren Ankunft eigentlich hätte annehmen müssen. Es richtete sich auch nicht nach der Jahreszeit und dem Wetter, wie ich zu Beginn meiner Schwalbenpraxis gedacht hatte. Für den Rückflug war in erster Linie bestimmend, wann die zweite Brut selbständig war. Nicht reisefähig – selbständig! Wenn die Kinder fliegen und sich ihr Futter beschaffen konnten, dann war die Aufgabe der Eltern erfüllt, dann hielt sie nichts mehr hier zurück, dann überließen sie die Kleinen ganz selbstverständlich und gelassen ihrem Schicksal. Eine weitere Vorbereitung und Beaufsichtigung bei der ersten weiten Reise war keine Familienangelegenheit mehr.

Und warum flogen unsere Schwalben hier im Süden Deutschlands früher ab als die von weiter nordwärts? Wie oft hatten wir einen herrlichen Herbst, unseren berühmt schönen Herbst, oft schöner als der Sommer, warm, sonnig, beständig, und die Insekten flogen in Scharen in der Luft herum, ohne daß unsere Schwalben noch in den Genuß dieser Schlemmermahlzeit kamen. Mußten sie für die aus dem Norden nachrückenden Schwalbenzüge Platz machen, mußte das Futter für diese reserviert werden, hätte es doch nicht für alle gereicht?

Und wie war es mit den ehelichen Verhältnissen? Auch die Beobachtung der ersten Jahre, die wir schon als Regel angenommen hatten, war nicht von Bestand. Jahrelang war immer eine neue Schwälbin eingezogen, es hatte also keine Gemeinschaft über ein Jahr hinaus bestanden, und nun hatten wir dieselbe Schwälbin über mehrere Sommer hinweg.

In der ersten Aprilwoche dieses Frühjahrs, zwei Tage bevor ihr Gatte eintraf, konnten wir das Wiedersehen mit unserer Frau Schwalbe im Obergeschoß feiern. Nun erst, nach ihrem Wiedererscheinen, waren wir sicher, daß auch der obere Flur zu einem ständigen Wohnsitz für Schwalben werden würde. Sie war so unauffällig hereingeflogen, daß wir sie erst am Abend entdeckten, als sie auf dem Nestrand ihres im Vorjahr gebauten Nestes im Treppenwinkel saß. Wenn es möglich ist, daß Schwalben schlau aussehen und lachen können, dann tat sie beides. Uns schien es wenigstens so, als ob sie sich über die Überraschung, die ihr da gelungen war, köstlich amüsierte. Die schwarzen Augen glänzten lebhaft, dazu trippelte sie possierlich auf dem Nestrand herum, und schließlich, als wirkungsvollen Abschluß der kleinen Vorstellung, die sie da veranstaltet hatte, setzte sie sich umständlich zum Schlafen im Nest zurecht.

Der Wiederauftritt ihres Herrn Gemahls geschah natürlich weit weniger unauffällig, sein Einzug ging mit allem Pomp vonstatten. Er setzte sich effektvoll in Szene, flog ums Haus herum, herein und hinaus, und machte dabei einen Riesenspektakel, als wollte er uns besonders darauf aufmerksam machen, wie stattlich er sich in der Zwischenzeit herausgemacht hatte. Ich tat ihm den Gefallen und war stolz auf ihn; daß seine Frau ihn bewunderte, war selbstverständlich. Er machte aber nicht nur eine gute Figur, er war auch überdurchschnittlich tüchtig, denn es wurde ein häßliches Frühjahr mit viel Nässe und Kälte, und gerade als seine fünf Kinder in die zweite Woche ihres Daseins eintraten, da hatten wir ganz besonders schlechtes Wetter.

Es regnete, was nur vom Himmel herunterkam, Tag für Tag, hoffnungslos. Auch auf dem Flur war es bald ungemütlich kalt, und die besorgte Mama hielt es für das Richtigste, auf ihren Kindern sitzen zu bleiben und sie zu erwärmen. Ganz schlecht erging es natürlich dem Paar unten auf der Veranda, das wesentlich später eingetroffen war. Zwar ließ man ihnen die Verandatür offen, um sie hereinzulocken und ihnen das Dasein wärmer und besser zu gestalten, sie leisteten der Einladung aber keine Folge, sie blieben zusammen draußen in dem Nest unter der Decke, und oft befürchteten wir, sie seien des Nachts erfroren, denn das Thermometer sank auf einige Grade unter Null. Es war erstaunlich, daß sie diese schlimme Strapaze aushielten, es war ebenso erstaunlich, daß unsere fünf Kleinen nicht verhungerten. Das war nicht etwa meinen Bemühungen, sie zu füttern, zu verdanken, denn dazu war wenig Gelegenheit, weil die Mama es sich nun einmal in den Kopf gesetzt hatte, sie zu wärmen, ich also nicht an die Kleinen herankonnte. Es war vielmehr die außerordentliche Energie und Findigkeit unseres Schwälbers, die sie rettete. Nicht einen Tag kapitulierte er vor der Ungunst des Wetters. So kalt es auch war, so sehr es auch regnete, er flog aus, und er fand Futter. Kleine schwarze Schmetterlinge waren es, die, etwa so groß wie Bläulinge, sonst um diese Jahreszeit über die Wiesen flatterten. Die erspähte er im Gras, flog unermüdlich, ganz tief, fast das Gras streifend über die Wiesenflächen, jagte sie auf und brachte sie seinen Kleinen. Es sah sehr komisch aus, wie die schwarzen Schmetterlingsflügelchen rechts und links aus seinem Schnabel standen, wie naß und zerzaust sein Kopf, überhaupt der ganze kleine Kerl war, aber es war ja bitterer Ernst, es ging ums Leben, und er war entschlossen, es zu retten. Sicher waren die Mahlzeiten, die die Kinder da verabreicht bekamen, weder fett noch üppig, doch sie reichten aus. Keines verhungerte, alle fünf brachte er durch. Es war eine großartige Leistung, und wir lobten ihn sehr. Gegen Abend, wenn er erschöpft seine Tätigkeit beendete und wir das Fenster schließen konnten, dann stöpselten wir, um auch unsererseits das Möglichste zu tun, eine lange Leitung zusammen und stellten ein elektrisches Öfchen auf, damit er sich besser trocknen und erholen konnte.

Was sich in dem Nest unten auf der Veranda eigentlich zutrug, das konnten wir lange nicht ergründen. Es mußten erst sehr verspätet Eier gelegt worden sein, und das Endergebnis bestand aus zwei Kindern. Die allerdings waren sehr wohlgeraten, blieben aber für dieses Jahr der einzige Nachwuchs und verbrachten den restlichen, auch weiterhin nicht sehr erfreulichen Teil des Sommers in Gemeinschaft mit ihren Eltern in der näheren Umgebung des Hauses und auf der Veranda. Zwischen ihnen und unseren Verwandten bestand ein geradezu herzliches Verhältnis. Aber sie hatten da unten im Erdgeschoß auch noch mit einer anderen Neuigkeit aufzuwarten. Sie hatten einen Hausfreund, einen Einzelgänger, einen großen schönen Schwälber, der pünktlich jeden Abend durch die vordere Haustür, den Haupteingang, eingelassen wurde und im Hausflur auf der Lampe mit dem Stoffbehang, auf der einstmals die sechs Schwälbchen nach dem großen Gewitter aufgereiht worden waren, übernachtete. Ebenso pünktlich wurde er des Morgens wieder hinausgelassen, er hatte »die Familie«, wie wir die zugezogene Verwandtschaft als Sammelbegriff nannten, großartig erzogen. Da konnte es manchmal noch so turbulent zugehen – bei drei heranwachsenden Kindern ist Turbulenz ja ein durchaus begreiflicher, fast alltäglicher Zustand –, der Schwälber wurde nie vergessen, er wurde bestens bedient. Die »Narretei mit den Vögeln« hatte auch sie erfaßt. Wo jedoch der Hausfreund sich tagsüber herumtrieb, das fanden wir alle miteinander nicht heraus.

Oben bei mir gab es, aller Ungunst dieses Sommers zum Trotz, nochmals Familienzuwachs. Und zwar, o Wunder, entschloß sich Frau Schwälbchen für das Nest, das wir im Vorjahr heraufgebracht hatten. Ich glaube fast, daß sie diese Wahl ihren fünf Erstgeborenen zuliebe traf, die – sicherlich der Kälte wegen – gewohnt waren, abends in das Nest im Treppenwinkel zurückzukehren, ein Verhalten, das ganz außerhalb der Norm lag, zu dem sie aber von den Eltern angeleitet worden waren. Und es schien ihr auch gelungen zu sein, ihren Mann zu beschwatzen, diese Kinder nicht, wie üblich, nach einer gewissen Zeit fortzujagen. Er ließ sie des Abends dahinten auf dem Nest in Frieden und wählte für sich den Draht neben dem vorderen Nest als seinen neuen Stammplatz. Ließ sich allerdings dort eines blicken, dann erging es ihm schlecht; es kehrte schleunigst zu den Geschwistern zurück und drängelte sich zwischen sie, ließ nur noch seinen kleinen Stummelschwanz sehen und sagte: »Ich war's nicht«, wenn der erboste Vater, nach ihm ausspähend, noch ein paarmal den Flur abpatrouillierte.

Vier Kinder waren es das zweite Mal, und der Wettergott meinte es gnädig mit ihnen, er ließ es während der drei Fütterungswochen nicht ganz so unfreundlich sein. Der Vater legte sich wieder mächtig ins Zeug, auch ihre Mutter konnte sich diesmal mehr an der Versorgung beteiligen, und so brachten sie es tatsächlich fertig, in diesem schlechten Sommer, in dem es überall, wo man hinhörte, nur kleine oder gar keine Bruten gegeben hatte, neun Kinder großzuziehen. »Das ist ein Hausschwälber so ganz nach unserm Geschmack, den wir da erwischt haben«, sagten wir, »hoffentlich wird er uralt!«

Als erste blieben nach und nach vier der ältesten Kinder aus, eines schloß sich den jüngeren Geschwistern an und zog zu ihnen auf den vorderen Draht, wohin diese placiert wurden, als das Nest im Treppenwinkel endlich unbenutzt blieb und die Eltern dorthin auf das Stängelchen zur ungestörten Ruhe zurückkehren konnten. Anfang September begab sich das Ehepaar am gleichen Tag auf die Reise. Die Kleinen auf dem Draht ließen sich Zeit. Gemeinsam, auf einen Husch, flogen sie morgens aus. Tagsüber war nichts von ihnen oder anderen Schwalben zu erblicken. Aber jeden Abend, wenn es zu dämmern begann, sausten sie plötzlich mit viel Geschrei ums Haus, landeten schwuppdich auf dem ob des Massenanpralls heftig schaukelnden Draht und hatten vor dem Einschlafen noch ein langes Geschwätz miteinander. Nie setzten sie sich auf einen anderen Platz, immer schön brav auf den Draht, wie sie es beigebracht bekommen hatten, und abendliche menschliche Besucher hatten wieder einmal Gelegenheit, von den fest schlafenden schwarz-weißen Federfläumchen entzückt zu sein. Dann, eines Tages, waren sie weg – alle miteinander.

Wenn wir jetzt dachten, wir hätten nun alles mitgemacht, was man mit Schwalben erleben kann, und könnten uns auf diesen Erkenntnissen zur Ruhe setzen, so war das ein ganz großer Irrtum. In den nächsten Jahren überstürzten sich die Ereignisse, löste eine Sensation die andere ab, geradezu dramatisch wurde es. Dabei waren wir gar nicht auf »dramatisch« eingestellt. Wir waren durchaus nicht darauf aus, Aufregungen mit unseren Tieren durchzumachen. Wir hatten genug Kummer vor Weihnachten ausgestanden, als der Bartolo gestorben war. Er war zehn Jahre alt geworden und hatte sich besonders an die Kinder angeschlossen, nachdem ihm sein Genosse Pedro so plötzlich entrissen worden war. Aber sosehr er auch gut Freund mit ihnen war, sein Leben hatte mit dem Verlust des Kumpans einen Knick bekommen. Er wußte mit sich allein nichts Rechtes anzufangen, und so war es besonders der kleinste der Geschwister, zu dessen besinnlicher, leiser Art er – nun selbst viel ruhiger geworden – sich hingezogen fühlte.

Der Jammer war groß, als wir den guten Bartolo unter einer kleinen Zirbel im Garten neben dem Pedro begruben. Als wir dann zu Weihnachten sein Grab mit einem winzigen Tannenbäumchen und Silberfäden geschmückt fanden, da wurde uns Großen klar, daß wir nicht, wie aus Sparsamkeitsgründen beabsichtigt, mit der Anschaffung eines Bartolo-Ersatzes bis zum Frühjahr warten konnten.

An einem der kältesten Tage des neuen Jahres holte ich den nächsten Hundefreund in München ab, wo er mir von seinem Herrn nur nach genauester Prüfung meiner Person und der Schilderung der für einen Hund allerbesten Verhältnisse, die er bei uns zu Hause antreffen würde, ausgehändigt wurde. Während der Heimfahrt in einem Omnibus, der vorher unverkennbar ein Lastwagen gewesen war, während der stundenlangen Rüttelei und Schüttelei und dem ohrenbetäubenden Lärm, den das Vehikel auf der vereisten, gestreuten Straße bewerkstelligte, wurden das Hündchen Daniel und ich in den gemeinsamen Ängsten und Leiden ein Herz und eine Seele. Dem Hündchen muß die Fahrt nach seiner ersten Kindheit in einem Forsthaus wie ein Weltuntergang vorgekommen sein, und mir – nun, zur Erklärung meiner Empfindungen kann ich nur sagen, daß ich selbst in den heutigen Luxusbussen nur ungern fahre und nur dann, wenn gar keine andere Möglichkeit besteht.

Als unser neuer Hausgenosse muß hiermit also Daniel von der Rose, ein schwarzgrauer Jagdspaniel allerfeinster Herkunft, vorgestellt werden. Um es gleich zu sagen: Ein Held wie sein Namensvetter in der Löwengrube ist er nicht, aber ein lustiger Raubautz, dabei ein zärtliches Gemüt, weshalb er auch Dani oder Lutschi oder Dani-Lutschi heißt. Und ein Bettler ist er, dessen geradezu künstlerische Betteltechniken weit über das in Europa übliche Maß ins Orientalische und Asiatische hineinreichen.

Das Unglück dieses Winters war also wieder ausgeglichen worden, und wir gingen eigentlich ganz guten Mutes in das Frühjahr hinein. Doch das fing gleich mit einem Drama an, einem Verhängnis, das uns unsern Schwälber kostete.

Am 1. April, mit einem Föhn allererster Ordnung, an dem die warme Luft nur so über den Göll zu uns herunterfiel, kam er von Süden herauf. Gleich früh am Morgen war er da, munter und guter Dinge. Bereits bei den Mittagsnachrichten im Rundfunk hörten wir die Vorhersage für schlechtes, kaltes Wetter. Zunächst beunruhigte uns das nicht weiter, denn wenn wir solch richtigen, kräftigen Föhn haben, dann sind wir zwar leicht verrückt, aber die Wettermeldungen gehen uns nichts an. Dann kann anderwärts geschehen, was mag, bei uns bleibt's schön. Dieses Mal wurde der Optimismus zur Enttäuschung. Schon am Nachmittag bewölkte es sich, wurde regnerisch, am nächsten Morgen war alles weiß, und es schneite heftig. »Mein Freund«, sagte ich zu dem Heimkehrer, »das sieht schlecht für dich aus. Bleib mal lieber erst drin, vielleicht wird's später besser.« Aber es wurde nicht besser, und gegen Mittag verlangte er hinaus. Es blieb uns nichts anderes übrig, als ihm aufzumachen. Er verschwand im Schneetreiben. Am Abend kam er nicht, und wir trösteten uns mit der Erfahrung, daß schon des öfteren Schwalben im Frühjahr einem Wettersturz ausgewichen und dann vergnügt wiedergekommen waren. Unser Schwälber kam nicht wieder. Es war das Jahr, in dem halb Europa noch einmal für fast eine Woche im Schnee versank, keine Ausweichmöglichkeit für die bereits zurückgekehrten Zugvögel bestand, sie zu Hunderten, zu Tausenden verhungerten und erfroren. Wenn nur irgendeine kleine Chance gewesen wäre, hätte sie dieser lebenstüchtige, tapfere Schwälber sicher wahrgenommen, davon waren wir überzeugt. Wir bedauerten seinen Verlust doppelt; ihn selbst, der ein Schwälber so recht nach unserem Herzen gewesen war, und uns mit, für die ja nun die kaum errungene Schwalbenwirtschaft im ersten Stock wieder in Frage gestellt war.

Es war am 9. April, dem ersten wieder richtigen Schönwettertag nach so viel Mißgeschick, als das Vorhandensein einer klitzekleinen Schwalbe auf unserem aufgespannten Draht im oberen Flur das ganze Haus alarmierte. Da saß sie, auf dem Kleinkinderplatz vom vorigen Herbst, und guckte ohne jede Furcht in unsere staunenden Gesichter. Selbst das laute Gebelle Danis, der die eilige Zusammenkunft sämtlicher Hausbewohner als Sensation empfand und seinerseits etwas zur Hebung der Stimmung beisteuern wollte, irritierte sie nicht. Wir einigten uns darauf, daß uns da eines unserer Kinder wieder beschert worden und es vorläufig als ein »Es« zu betrachten war. Wo es allerdings die vogelfeindliche Witterung überstanden hatte oder ob es gar während dieser Zeit noch so weit südlich gewesen war, daß sie ihm nichts anhaben konnte, und erst danach mit Expreßzuggeschwindigkeit heraufgereist war, das war wieder einmal rätselhaft. Es segelte offenbar unter den Wagner-Motiven: ». . . noch wissend Sorge tragen, woher ich kam der

Fahrt, und wie mein Nam' und meine Art.« – »Bis auf weiteres werden wir dich mit dem Namen Lohengrin anreden, mein Schätzchen«, sagte ich zu ihm, »und du, törichter Daniel, hörst endlich mit dem sinnlosen Gebelle auf. Benimm dich ein bißchen manierlich.« – »Komm, Dani-Lutschi«, riefen die Kinder von unten, »komm zu uns runter, da darfst du bellen!«

Aus dieser kleinen Szene kann wohl jeder leicht folgern, welche verschlungenen Pfade Daniels Erziehung wandelte. Das Vogelgeschöpfchen auf dem Draht war weit weniger kompliziert. Es besah sich den schönen oberbayrischen Frühling aus seiner Perspektive; den Draht hielt es offenkundig für seine Heimat, während wir uns auf den Gartenbau stürzten, den wir nun aus Passion weiterbetrieben – Motto: gekonnt ist gekonnt und gelernt ist gelernt –, allerdings mit viel Blumen im Vordergrund, für deren Anschaffung die unwiderstehlichsten Kataloge zuhauf ins Haus flatterten.

So vergingen ein paar sehr geruhsame Tage. Da, am Ostersonntag, dem 13. April, tauchte Frau Schwälbchen auf, überzeugte sich vom Vorhandensein ihres Nestes im Treppenwinkel und sagte, da wäre sie wieder. »Hoch erfreut«, erwiderten wir, »aber du wirst die traurige Gewißheit erleben, daß deinen prachtvollen Mann das Schicksal ereilt hat. Wir sprechen dir hiermit unser tiefgefühltes Beileid aus.« Über das kleine Wesen da vorn auf dem Draht war sie zwar etwas erstaunt, aber sie duldete es, sie duldete es nicht nur, sondern nach etwa einer Woche des Wartens verlegte sie ihren Schlafplatz auf den schönen Blattgoldrahmen eines Aquarells, das neben dem vorderen Draht hing. Nun fing die Sache an, spannend zu werden. Es dauerte nicht lange, und das Kleine setzte sich auch auf den Bilderrahmen. Das bekam zwar der Glasscheibe schlecht, aber darüber mußte nun großzügig hinweggesehen werden; wir waren zu neugierig, wie dieses völlig schweigsame Rendezvous des ungleichen Paars weitergehen sollte. Außerdem war der Anblick der beiden Schwalben auf dem Bild künstlerisch durchaus befriedigend.

Die Weiterentwicklung war verblüffend. Frau Schwälbchen fing an, dem kleinen Ding Avancen zu machen, sie flog hin und her und pries ihm das Stängelchen beim rückwärtigen Nest als Sitzplatz an, sie gab sich große Mühe, dem schüchternen Jungen über seine Hemmungen hinwegzuhelfen. Und wirklich: Es ließ sich überreden und zog um. Dann, ja, dann tat es das, was man hier »sich aufmanndln« nennt. Es gewann an selbstbewußter Haltung, schien geradezu zu wachsen, setzte sich in Positur und – sang! »Es« war ein Schwälber! Ein ganz junger, wie einstmals Viktor, und seine eigene Mutter wollte ihn heiraten! »Lohengrin ist falsch«, sagte ich zu meinem Mann, »Ödipus, das ist der richtige Name.« – »Kommt überhaupt nicht in Frage«, protestierte er, »hier werden keine antiken Tragödien heraufbeschworen. Du hast genug Gelegenheit, deine Allgemeinbildung anderweitig zu beweisen. Ödipus ist prinzipiell abgelehnt.« Schön, der Herr hatte gesprochen, es blieb bei Lohengrin. Aber nicht lange. Es fehlte dem Jüngling nämlich dazu doch irgendwie an Adel, er war kein edler Ritter, sondern trotz seiner mangelnden Größe und Stärke ein großer Raufbold. Sicher kein ganz fairer, vermutlich einer mit ein paar nicht ganz einwandfreien üblen Tricks und Kniffen, denn wie wäre es ihm sonst möglich gewesen, einen Eindringling, der ein wahrer Athlet gegen ihn war, auf Anhieb in die Flucht zu schlagen? Er war, nun von Frau Schwälbchen zum Gatten erkoren und auf den Hausschwälberplatz gesetzt, frisch, fröhlich und auf Kampf gestimmt. Sein endgültiger Name, »Der Räuberhauptmann«, ergab sich ganz von selbst. Am 7. Mai bescherte seine Gattin ihm vier Eier. Während der Brutzeit können wir nun die beiden ein bißchen sich selbst überlassen – sie würdevoll im Nest, ihn etwas unsicher über sein richtiges Benehmen als baldiger Vater –, und ich kann über die Situation im Erdgeschoß berichten.

Es war fast selbstverständlich, daß das Paar von der Veranda wieder da war. Aber als Neuerscheinung hatte sich ein weiteres Paar im Küchenflur eingefunden, ein hochintelligentes Paar! Sie waren dahintergekommen, daß man zum Einflug nicht unbedingt die Verandatür benutzen und sich damit den Angriffen des Verandaschwälbers aussetzen mußte – sie hatten den Weg durch die Haustür, also den Hauptflur, und das Fenster des Kinderschlafzimmers, des ehemaligen Ateliers, entdeckt. Die Passage durch die Fenster war eine virtuose Leistung, denn die Fenster im Erdgeschoß sind ja vergittert, recht eng sogar. Elegant schossen sie hindurch, und »die Familie« war sehr stolz auf diese hochbegabten neuen Mitbewohner.

Diese Frau Schwälbchen gehörte aber auch zur Kategorie der Eigensinnigen. Das Nest auf dem Ofenrohr war für sie einfach Luft. Der glatte Lampenschirm in der Mitte des Flurs, der ja schon öfter das Objekt aussichtsloser Versuche gewesen war, war für sie der ideale Bauplatz. Ach, wie viele Lehmklümpchen fielen herunter, bis sie einen äußeren Rand angeheftet hatte! Sie war nicht zu entmutigen, sie blieb dickköpfig bei ihrem Plan, führte ihr Projekt konsequent durch. Die Hilfeleistung ihres Gatten lehnte sie bis auf kleine Handreichungen ab, sie baute allein, ein fast rundes, auffallend hohes Nest. Nach einer kleinen Erholungspause wurde es der sichere Platz für fünf Eier. Und ihr Mann, der setzte sich auf die Ornamentbogen der Fenstergitter und guckte so zufrieden und behäbig in den Garten, als ob draußen und drinnen alles ihm gehörte. Sie waren ausgesprochen originell, die beiden, ein Typ, wie wir ihn noch nicht gehabt hatten.

Bei uns oben entwickelte sich indessen eine sehr lebendige Kinderstube. In dem Nest wogte es durcheinander, es war fast unmöglich, festzustellen, welcher Kopf und welcher Schwanz zusammengehörten, kreuz und quer lagen und krabbelten sie darin herum, pickten aufeinander los, rempelten sich an. Nicht einmal beim Schlafen herrschte Ordnung. Die Sache mit dem »jungen Vater« hatte halt doch ihre zwei Seiten. Er wurde von seinen Sprößlingen nicht ganz ernst genommen und besaß keinerlei Autorität. Die Mama tat das Klügste, was sie als Ältere machen konnte, sie nörgelte nicht, sie machte sich nicht durch Besserwissen unbeliebt, sie ließ es gehen, wie es ging. Das Füttern besorgte er ordentlich, da war nichts an ihm auszusetzen, und es rührte uns natürlich wieder in unseren menschlichen Gemütern, wenn wir überlegten, daß er, der da so vorbildlich für vier Kinder sorgte, vor knapp zehn Monaten noch selbst gefüttert worden war. Der Ausflug klappte natürlich nicht, da merkte man doch deutlich die fehlende Erfahrung. In allen Ecken und Winkeln las ich die kleinen Dinger auf und trug sie zum Start auf das Fensterbrett. Es war sicher nur der Mama zu verdanken, daß schließlich alle vier in den Weiden landeten. Und dort wurden sie auch zum Übernachten gelassen, obwohl ihr Vater in seiner Kindheit stets im Haus geschlafen hatte. Nie wurden sie in den Flur zurückgebracht. Wir gingen sie jeden Abend besuchen. Immer hatten sie das gleiche Ästchen wiedergefunden, obgleich es doch vier Weiden mit vielen, vielen Ästen waren. Drei saßen zusammen, eines grundsätzlich allein, etwa einen Meter abseits und einen Meter höher – drei Wochen alt und schon eine Persönlichkeit.

Unten im Küchenflur wurde ganz anderen Methoden gehuldigt. Auf Familienbeschluß – menschlichen Familienbeschluß – wurde am kritischen Tag die Haustür weit offengelassen, damit der Ausflug nicht durch die Fenstergitter, sondern durch diese große Öffnung leichter vonstatten gehen konnte. Es war eine glatte Fehldisposition, eine ganz unnötige Maßnahme. Wir hatten die Fähigkeiten der Eltern weit unterschätzt. Sie schafften ihre Kinder – mit ein paar kurzen Zwischenstationen auf dem Kleiderschrank, den Stühlen und Betten – durch das nächstliegende Schlafzimmerfenster hinaus und am Abend, eines nach dem anderen, im direkten Flug wieder herein. Alle Hochachtung, das war eine Leistung! Den Tag hatten sie im Nußbaum verlebt, gleich vor ihrem Fenster. Die Verandakinder, auch vier Stück, wurden als letzte Ausflügler später auf die Fensterläden der Hausrückseite gesetzt, es herrschten also streng getrennte Verhältnisse. Erst als mehr herumgeflogen wurde, gab es öfter als einmal ein wüstes Geschrei der Väter, von wilden Attacken aufeinander begleitet, allgemeine Verwirrung bei den Kindern und Aufregung der Mütter. Doch zu guter Letzt fanden alle drei Familien richtig zusammen. Wir hatten also drei Schwalbenfamilien und bereits dreizehn junge Schwalben. Nun ging's an die zweite Brut.

Auf der Veranda war das ein glatter Fall: drei Kinder ins alte Nest, Schluß, aus und fertig.

Im Küchenflur sagte die Dame: »Das erste Mal bauen war so hübsch, ich baue gar zu gern, ich baue noch einmal« und ging auf die Suche nach einem neuen Bauplatz. Im Küchenflur wären schon noch ein paar Winkel zur Verfügung gewesen, auch der Platz über der ehemaligen Ateliertür war ja frei, aber nein, sie wollte aus diesem bescheidenen Milieu heraus in den vorderen Hausflur. Ihr Gatte sagte fast vernehmbar: »So Gott will«, ließ seine Frau suchen und machte es sich auf der waagerecht aufgelegten Klöppelstange unseres kleinen Messinggongs bequem. Der hängt natürlich in greifbarer

Höhe, aber es störte ihn nicht, daß er unseren Gesichtern dadurch so viel näher rückte. Mein Mann sagte jedoch nicht: »So Gott will«, sondern: »Wird das nicht langsam zuviel? Wir sind ja mit unserer Schwalbenwirtschaft bald nicht besser als die Kramerin mit ihren fünfunddreißig Katzen.« Fünfunddreißig war natürlich leicht übertrieben, aber ein bißchen recht hatte er schon, wenn man ganz ehrlich sein wollte. Trotzdem war der Protest gegen seine Einstellung allgemein. Das notwendige Brettchen freilich nagelte ich diesmal doch lieber selber an. Es gelang mir zu meinem eigenen Erstaunen, es auf zwei großen Nägeln zwischen die Wand und ein elektrisches Leitungsrohr hineinzuzwängen, gerade über dem Durchgang zwischen den beiden Fluren, gleich oberhalb des bewußten Gongs, dort, wo Frau Schwälbchen bereits mit Lehmklümpchen einige mißlungene Anstrengungen unternommen hatte. »Großartig«, sagte sie, »einfach großartig, das nenne ich Verständnis für meine Bedürfnisse haben. Gerade der richtige Platz, so hübsch im Halbdunkel, in wohnlicher, netter Umgebung, auch mit unterhaltsamer Aussicht während der Stillsitzerei – auf, auf, ans Werk!« Und in fünf Tagen war »das Werk« fertig. Es hielt keinen Vergleich mit dem ersten, schönen, hohen, runden Nest aus, es war ein lächerliches, plattes Ding, viel zu groß im Durchmesser, dafür aber mit einem viel zu schmalen Rand, die Halme standen überall störrisch heraus – ein wahrer Witz von einem Nest. »Das kann doch nicht dein Ernst sein«, kritisierten wir laut, »was denkst du dir denn?« – »Ich«, sagte sie, »denken? Nichts!« Setzte sich quietschvergnügt hinein und legte drei Eier. Sie saß da ungefähr wie ein Schwan auf seinem flachen Reisernest und guckte jeden herausfordernd an, der vorbeiging. Man konnte nur lachen, wenn man sie sah.

Gehen wir also an ihr vorbei die Treppe hinauf und sehen wir nach, was oben vor sich geht. Da tat sich auch einiges. Da wurde die bis jetzt gültige Regel, daß die zweite Brut meist an Anzahl geringer, allerhöchstens gleichstark wie die erste ist, durchbrochen, und sechs Eier wurden gelegt. Nur zehn Tage nach dem Ausflug der ältesten Kinder, am 27. Juni, wurde dieses Unternehmen in Angriff genommen, am 15. Juli war Massengeburtstag. Jetzt hatte der junge Herr Gelegenheit, zu zeigen, was er konnte. Er brachte sich fast um. Seine Frau konnte zufrieden mit ihm sein. Und diese sechs, wieder im Nest im Treppenwinkel, waren das krasse Gegenteil von den ersten vier. So etwas von gesittet und wohlerzogen konnte man weit suchen. Immer waren sie fein nebeneinander aufgereiht, tagsüber mit den Schnäbeln, nachts mit den Schwänzchen nach vorn ausgerichtet, lieb zueinander, nicht unverschämt ihren Eltern gegenüber, ganz reizende Kinder.

Die drei unten in dem Schwanennest waren dagegen eine wahre Rasselbande. Sie hatten viel zuviel Platz, um sich ruhig zu verhalten. Sie lümmelten sich herum, behaupteten, immer hungrig zu sein; ihre armen, ihnen gegenüber viel zu nachsichtigen Eltern konnten sich nicht einmal des Abends friedlich zusammen auf den Gongklöppel setzen, sie mußten aus dem feinen Hausflur wieder in den Küchenflur umsiedeln, nur damit ihre unartigen Kinder sie nicht mehr sahen und mit dem Geschrei »Wir wollen noch was zu essen« endlich aufhörten. Der Ausflug ging dann durch das Gitter des Flurfensters vonstatten, dort, wo der Palm steckt; die einladend geöffnete vordere Haustür wurde wieder verschmäht. Das gab natürlich einige Kollisionen mit den Mietern der Veranda, welche die Hausrückfront und die Luft über dem Hintergarten für sich gepachtet hatten, aber entweder war gegen das Sommerende zu die Streitsucht doch nicht mehr so groß, oder die Eltern mußten sich angesichts so vieler herumschwirrender Jungschwalben zu etwas mehr Toleranz entschließen, es gab jedenfalls keine Verletzten oder gar Opfer.

Meine sechs oben, diese braven Kinderchen, flogen am 5. August aus. Ihre Eltern erlaubten ihnen, im Flur zu schlafen, vorn auf dem Draht, und schon am zweiten Abend hatten sie begriffen, daß der Draht weniger schaukelte, wenn man nicht in der Mitte, sondern an einem Ende nach der Wand zu saß. Der Platz direkt an der Wand war der begehrteste und stark umstritten. Schon ganz zeitig, am 27. August, verließ Frau Schwälbchen ihre Familie, die nach und nach auf drei Kinder zusammengeschmolzen war. Zwei Tage später, am 29. August, war der Vater mit den Kindern auch verschwunden. Aber am 31. August saß eines seelenruhig wieder auf seinem Platz. Im übrigen Haus und um das Haus herum wurde es leerer und leerer, der große Trupp trat die Wanderschaft an, das Kind blieb. Es blieb noch fast drei Wochen, bis zum 18. September, dann machten es wohl ein paar andere Nachzügler darauf aufmerksam, daß es nun langsam höchste Zeit wurde, ein Zugvogel zu werden. Unser größter Schwalbensommer war vorbei. Drei Familien hatten wir beherbergt, fünfundzwanzig Schwalbenkinder waren auf die Welt gekommen, alles war gutgegangen.

Man konnte den Menschenkindern unten richtige Rechenaufgaben geben, die unsere Schwalbenverhältnisse als Grundlage und Anreiz hatten. »Wir könnten aber leicht noch mehr Schwalben haben«, sagten sie, »ganz leicht.« – »Nein, nein«, winkte ich ab, »mehr geht nicht. Die Zimmer sind nur für die Menschen da.« – »Aber wenn wir vielleicht einen Stall hätten«, war die überraschend prompte Antwort. »Nanu«, dachte ich, »wie kommen sie denn darauf, da müssen doch einige Hintergründe vorhanden sein, die ich noch nicht kenne?« Sie – die Hintergründe – kamen bald ans Licht. Mit ein paar vorsichtigen Fragen meinerseits und einigen Verlegenheiten, Gekicher und »Sag du's«, »Nein, sag du's« auf der anderen Seite, rückte der Stall in die richtige Beleuchtung. Er war für ein Pferdchen gedacht – »Weißt du, nur so ein ganz kleines, das auf unseren Wiesen grasen könnte« –, und Heu für den Winter wollten sie auch sammeln. So ein Pferdchen, wie die Leute vom Zirkus hatten. Zirkus? Ja, natürlich, in dem Zirkus, der eben da war, mit einem Platz in der Mitte, so groß wie das Wohnzimmer, wenn es rund gewesen wäre, und Bänken drumrum. Der Bub von dem Zirkus

ging doch zu dem Jörg in die Klasse, der mußte an allen Orten, wohin sie kamen, in die Schule. Und wenn ich glaubte, der könnte deshalb nicht viel, oho – große Entrüstung –, und ob der viel konnte! Im Handstand über alle Banklehnen im Schulzimmer laufen konnte er, und er saß neben dem Jörg, und vielleicht lernte der es auch noch, wenigstens über eine Bank. Sein großer Bruder konnte auf einem Seil spazierengehen, ganz hoch in der Luft auf einem Seil, wirklich, ganz hoch oben, das Seil hatten sie gesehen. Gesehen? Nun ja – große Verlegenheit, rote Köpfe und Geschubse mit den Ellenbogen –, sie waren doch mit dem Enrico nach der Schule mitgegangen; und »Enrico ist doch ein wunderbarer Name, findest du nicht?« Ich versicherte meiner verzückten Nichte, daß ich den Namen auch ganz wunderbar fände. Ja, und da hatten sie sich sehr nützlich gemacht und fest gearbeitet und geholfen, die Bänke aufzustellen und Sand zu streuen auf dem runden Platz, der so komisch hieß, so komisch, daß ihnen das Wort wirklich nicht mehr einfiel, und der Jörg hatte für den Vater und den Onkel vom Enrico Flaschenbier im Brauhaus geholt, und meine Nichte, die ob ihrer Zartheit zu Hause vor jedem Stäubchen behütet wurde, hatte geholfen, den Wagen auszukehren, in dem alle wohnten – nun, und dann hatten sie zwei Eintrittskarten für die Vorstellung heute abend. Galavorstellung hatte Enrico gesagt, und ob ich glaubte, daß ihnen ihre Mutter erlauben würde hinzugehen, wo sie doch so dafür gearbeitet hatten? Bis ich mit ihnen im Gemüsegarten bei ihrer Mutter ankam, die gerade voll Kummer die Verheerungen betrachtete, die in diesem Herbst die Mäuse unter dem Endiviensalat anrichteten, war ich auch mit meinem heruntergeschluckten Gelächter so ungefähr fertig geworden. Es gab ein langes Palaver, aber am Schluß durften sie, und eine Stunde später wanderten sie, unheimlich frisch gewaschen und gekämmt, über den kleinen bewaldeten Hügel dahin in Richtung Zirkus und winkten zurück und juhuhten wie die oberbayerischsten aller Oberbayern. Aber einen Stall bauten wir nicht, und zu einem Pferdchen haben wir es bis heute noch nicht gebracht.

Hingegen hatten wir Mäuse und nochmals Mäuse. Der Daniel erjagte wohl etliche, aber er erreichte bei weitem nicht die Fähigkeiten von Pedro und Bartolo. Wir entwickelten uns zu Künstlern im Fallenstellen, im Garten und im Haus. Das heißt, im Haus klappte die Sache nicht so, wie sie sollte. Die Fallen fanden wir zwar zugeschnappt und ohne die Lockspeise, die Sonnenblumenkerne, aber keine Maus darin. Es dauerte eine Weile, bis wir der Sache auf den Grund kamen.

Wir hatten einen Gegenspieler, und die Mäuse einen Freund – den kleinsten der Geschwister. Er fand, ohne sich näher dazu zu äußern, unseren organisierten Mord abscheulich und die Mäuse reizend. So machte er in aller Heimlichkeit unsere Fallen unschädlich, die Mäuse labten sich ohne die Gefahr, erschlagen zu werden, an den Sonnenblumenkernen, und eine besondere Freundin unter ihnen hatte er auch noch: »die kleine Dicke«. Die besuchte ihn des Abends in seinem Zimmer und wurde mit einigen Rücklagen gefüttert, die er tagsüber für sie erübrigt hatte. Nichts konnte ihn zu der Einsicht bringen, daß Mäuse schädlich waren. Es blieb uns nichts anderes übrig, als ihm »die kleine Dicke« weiterhin zu gönnen, wenn wir unser Gewissen nicht mit einem Schaden an seiner Seele belasten wollten. Die Fallen stellten wir, leise im Haus herumschleichend, wieder auf, wenn er eingeschlafen war, seine zweite Freundin, »die Ärmste«, fest im Arm. »Die Ärmste« war der traurige Rest einer Puppe seiner Schwester. Wiederholt war der Versuch unternommen worden, ihm etwas Besseres oder doch wenigstens weniger Armes anzubieten. Wir stießen auf entrüstete Ablehnung, er hatte sein Herz an »die Ärmste« gehängt. »Die Ärmste« bestand aus einem mit einem alten Tuch umwickelten Körper, aus dem trotz dieser festen Bandage manchmal Sägemehl rieselte, und zwei Schlenkerbeinen. Das war alles. Die fehlenden Arme wurden nicht vermißt, nur der ebenfalls nicht vorhandene Kopf war ihr ersetzt, auf eine ebenso grausige wie geniale Art wiedergeschenkt worden. Mitten auf dem Stoffleib, etwa in Magenhöhe, bemerkte man bei näherem Hinschauen ein aufgemaltes, kreisrundes, friedlich staunendes Gesicht, mit dem sie in die böse Welt und in die blauen Augen ihres Beschützers sah. Und so war sie »die Ärmste« und darüber hinaus die geliebteste Puppe. Wer hätte das Herz gehabt, sie ihm wegzunehmen?

Unser nächstes Schwalbenjahr war trostlos. Es kann nur ganz kurz beschrieben werden, es war zu schrecklich. Das Verandapaar kam nicht mehr. Verschollen blieb auch der Schwälber vom Erdgeschoß, nur seine Frau fand sich wieder ein. Bald hatte sie zwei Verehrer, und wie es öfter einmal vorkommt, wählte sie den falschen, einen riesengroßen, groben Kerl. »Ich glaube, er hat einen schlechten Charakter«, sagte meine Schwägerin. Sie hatte nur allzu recht. Er hatte nicht nur einen schlechten Charakter, er war ein Verbrecher. Während seine Frau brütete, kam er nur manchmal zum Übernachten ins Haus. Sie begrüßte ihn jedesmal mit ein paar freudigen kleinen Zwitschertönen, aber er schrie sie nur an, ebenso uns, wenn er uns begegnete, sonst kümmerte er sich überhaupt nicht um sie. Doch als die Kleinen ausschlüpften, fünf waren es, da kam er und brachte sie um, packte sie und warf sie aus dem Nest. Wir waren entsetzt – seine arme Frau nicht weniger! »Vielleicht hat ihn ein plötzlicher Wahnsinn gepackt, wie einmal den Schwälber, der die Eier zerschmetterte«, hofften wir. »Das tut er sicher kein zweites Mal.« Er tat es. Er warf auch die zweiten kleinen nackten Dinger aus dem Nest. Wir unternahmen alles, sie zu retten, versuchten ihn zu verscheuchen, die Kinder legten Kissen und Decken auf den Boden, damit die Kleinen sich beim Auffallen nicht verletzen sollten, wir sperrten ihn des Nachts aus – es half alles nichts, er brachte sie um. Dann verließ er uns, und wir schworen ihm, ihn seinerseits umzubringen, wenn er sich je wieder bei uns blicken lassen sollte, der Unhold. Die so sehr mißhandelte kleine Schwalbenfrau blieb im Haus. Sie hatte wenigstens das Vertrauen zu uns nicht verloren, gab unser Haus nicht auf, wie wir befürchtet hatten. Die »Familie« war gut zu ihr wie zu einem nahen Angehörigen, den unverschuldetes Unglück betroffen hat. »Nächstes Jahr, wenn du wiederkommst, dann suchen wir einen ganz lieben Mann für dich aus«, sagten die Kinder, »komm nur schön wieder!«

Bei mir oben geschahen zwar keine Morde, aber kleine Schwälbchen gab es auch keine. Unser Paar war zeitig heimgekehrt, er schon am 2., sie am 8. April. Wir freuten uns alle, als wir wieder zusammen waren, die kleinen Vögel und wir großen Menschen. Der Herr »Räuberhauptmann« war gewachsen; voller Leben und Temperament. Selbst der Verbrecher wagte es nur einmal, mit ihm anzubinden. Auf das Nest im Treppenwinkel wurden zwei Schichten aufgemauert, auch innen wurde es neu und fein ausstaffiert. Dann saß Frau Schwälbchen auf den fünf Eierchen eine Woche, zwei Wochen, drei Wochen, vier Wochen – und keine Kleinen schlüpften aus. Da wurde uns die Angelegenheit zu mysteriös. Wir nahmen ihr ein Ei weg und machten es auf. Es war schwarz und faul, verdorben. Warum? Merkte sie denn nicht, daß mit den Eiern etwas nicht stimmte? Noch ein paar Tage gaben wir ihr Zeit, selbst zur Einsicht zu kommen – sie brütete weiter. Da entfernten wir auch die restlichen Eier. Immer wieder betrachtete sie das leere Nest, auch ihr Mann saß ungläubig verstört auf dem Nestrand, und wir befürchteten schon, daß dieses Experiment schlecht ausgehen könnte, unser Eingriff in das Geschehen falsch gewesen sei und die beiden, mißtrauisch und ängstlich geworden, abwandern würden. Sie beruhigten sich, verließen das Nest nicht, vertrauten ihm sogar die nächsten Eier an, zogen nicht das andere vor, wie wir vermutet hatten. Schon bald, in den letzten Tagen des Mai, wurde mit vier Eiern die Voraussetzung zu neuem Familienzuwachs geschaffen.

Damit waren wenigstens die Aufregungen für dieses Jahr ausgestanden, die kleine Familie lebte von nun an ein friedlich geregeltes Leben, wenn sie auch mit den üblichen Daten betreffs Kinderkriegen, Erziehung und Ausflügen ganz aus der Reihe gekommen war. Aber wenn man die Bilanz dieses Jahres zog und sie mit der des vorigen verglich, dann war sie doch ebenso erstaunlich wie deprimierend. Von all dem fröhlichen Getümmel des letzten Sommers, den drei Ehepaaren mit ihrem reichen Kindersegen, waren uns nur eine einsame Frau Schwälbchen und ein Elternpaar mit vier Kindern verblieben. Sie verließen uns schon Ende August. Was hätte sie auch hier halten sollen?

Dafür war aber der »Räuberhauptmann« bereits am 28. März, einem Sonntag, wieder da. Das war der früheste aller Heimkehrtermine, so etwas war noch nicht dagewesen. Er war sozusagen allein auf der Welt, niemand, mit dem er auf den Drähten sitzen, keine Frau, der er den Hof machen, kein Rivale, mit dem er Händel suchen konnte, niemand. Am 6. April wurde ihm dieses einschichtige Dasein zu dumm, weg war er. Fünf Tage später, Palmsonntag zu Ehren, begrüßte er uns des Morgens mit großem Festkonzert im Flur. Gründonnerstag flog er wieder davon, womit er recht hatte, denn am Karfreitag fiel Schnee, es schneite über die Osterfeiertage, und die Ostereier mußten im Haus versteckt werden, was natürlich nur halb so lustig ist und für die gewitzten Sucher viel zuwenig Schwierigkeiten bietet. Nachdem uns der Wettergott so aus reiner Bosheit die Feiertage verdorben hatte, ging am Dienstag der Schnee dann bis auf die Achthundert-Meter-Grenze zurück, wir hatten also gerade noch, wenn auch fröstelnd, eine zwar nasse und zusammengedatschte, aber immerhin grüne Wiese. Gleich darüber aber war alles weiß.

Unserm optimistischen »Räuberhauptmann« genügten die kleine Wetterbesserung und das bißchen Grün. Er versuchte es zum dritten Male mit uns, und drei Tage später trudelte seine Frau ein. So ganz beiläufig, was sie betraf. Ihm bot natürlich das Wiedersehen einen willkommenen Anlaß zu einem lauten und langen Geschrei, und der Daniel, der gern oben am Treppenende, also gerade unter dem Nest, lag, bellte begeistert ob soviel Lärm mit. Es war zu komisch, wie das Ehepaar Schwalbe nun abwechselnd sich, uns und den immer noch bellenden Hund anschaute, denn wenn der Daniel einmal einen Radaukoller kriegt, dann hört er nicht so schnell wieder auf. »Da sieh mal einer an«, hieß das unverkennbar, »der wird auch nicht gescheiter. Bellt noch genauso albern wie voriges Jahr, das dumme Tier!« Das war am 23. April.

Erst am 18. Mai wurde daran gedacht, die Familie zu vermehren, eine geradezu unglaubliche Bummelei. Hatte sich unsere Schwälbin vielleicht überlegt, ob sie sich überhaupt noch einmal mit Kinderkriegen abgeben sollte, eine ältere Dame, wie sie doch nun zweifellos schon war? Oder war das zwischendurch immer wieder unfreundliche Wetter an der mangelnden Entschlußkraft schuld? Welche Gründe sie auch dafür hatte, sie tat es dann doch nicht unter fünf Eiern.

Auch die »Familie« unten hatte ihre Frau Schwälbin wieder. Alle Familienmitglieder fühlten sich als ihre Beschützer aufgerufen und lugten scharf nach dem Verbrecher aus. Zu seinem und unserem Glück kam er nicht mehr, sondern Frau Schwälbchen lachte sich einen sehr gut aussehenden Schwälber mit einem rein weißen Frackhemd an – mein »Räuberhauptmann« trug sich natürlich salopp und stark angebräunt. Der Neuling wurde nach genauer Prüfung für sympathisch erklärt, man durfte ihm Frau Schwälbchen anvertrauen, es bestanden keine Befürchtungen für neue Gewalttaten. Frau Schwälbchen benutzte das wechselhafte Wetter als die Gelegenheit, sich vor ihrem neuen Gatten ins rechte Licht zu setzen. Sie stockte ihr Nest auf der Flurlampe in drei Bauabschnitten dreimal auf. Es wurde ein Hochhaus, so groß und schwer, daß es den Lampenschirm einseitig herabdrückte und schiefer als der Turm von Pisa stand. Wir mußten Hilfestellung leisten und mit einem Stäbchen auf der entgegengesetzten Seite zwischen Lampenrand und Decke eine Verstrebung anbringen, damit das Gleichgewicht wiederhergestellt wurde. Eier oder Kinder wären sonst eines Tages ausgeleert worden. Die Bauherrin konnte sich mit knapper Not noch zwischen Nest und Decke auf ihren Sitzplatz im Innern dieses Kuriosums zwängen. Sie hatte wohl auf ihren Reisen moderne Architektur studiert und besaß nun als eigene Schöpfung einen Wolkenkratzer im Küchenflur und einen Flachbau im Hausflur – es war sicher nicht schön von uns, daß wir darüber lachten.

So waren wir also schon wieder einmal mitten in einem Schwalbensommer, wieder anders, immer anders. Es ist eine Geschichte ohne Ende, man braucht sich nicht den Kopf darüber zu zerbrechen, wie sie weitergeht, sie schreibt sich von selbst, die Schwalben schreiben sie, jedes Jahr kommt ein neues Kapitel dazu. Wieviel könnte man noch erzählen! Von unserem »Räuberhauptmann«, der uns in diesem Sommer erst am 20. September verließ, also fast sechs Monate bei uns blieb, so lange wie nie eine andere Schwalbe. Davon, daß er noch zweimal die weite Reise nach Afrika und zurück glücklich überstand, aber im dritten Frühling vermutlich auf Räuberart mit einem ganzen Zug durchziehender Schwalben, die auf unseren Drähten rasteten, Streit begann und dabei durch die Übermacht den Tod fand – an dem Tag, als seine Frau, immer noch die gleiche, das vierte von sechs Eiern legte.

Wer sich über diese Situation mehr Sorge machte, sie oder wir, das mag dahingestellt sein. Nach langem Überlegen nahm ich ihr zwei Eierchen weg. Vier Kleine konnten wir meiner Schätzung nach zusammen großziehen, sie und ich. Wir kannten uns nun schon so lange und so gut, es war nicht zu befürchten, daß sie meine Beteiligung beim Füttern ablehnte.

Da trat eine neue Wendung ein. Ein Heiratskandidat stellte sich vor, und sie hatte gegen den männlichen Schutz, der ihr da angeboten wurde, nichts einzuwenden. Die Eier im Nest interessierten ihn nicht; das Brüten, also eine für ihn langweilige Frau, nahm er ohne Protest hin. Mitfüttern würde er nicht, das stand erfahrungsgemäß fest. Aber was würde er zu den Kleinen sagen? Er sagte gar nichts zu ihnen, er tat das Schlimmste, was er tun konnte: Er brachte sie um. Sie waren für ihn Konkurrenten – also weg mit ihnen! Wir sahen die Tragödie hilflos mit an. Das war ein hartes Schicksal für die alte Schwälbin. So ein Vögelchen kann so traurig sein, so verängstigt und so still. Und doch raffte sie sich wieder auf. Nur in das Nest, in dem sie jetzt so viel Unheil erlebt hatte, ging sie nicht mehr, auch nicht in das beim Draht, es war, als ob sie alles ablehnte, was mit ihrem bisherigen Leben zusammenhing. Im Haus aber blieb sie.

Sie wollte neu bauen, ausgerechnet über der Wohnzimmertür, wo wir sie wirklich nicht brauchen konnten. Wir hängten die Ecke mit Papier zu. Sie fing daneben an. Wir hängten das ganze Stück Wand zu – am Morgen, als wir auf den Flur kamen, hatte sie bereits einen schönen breiten Lehmrand auf dem besten Trachtenhut meines Mannes angeklebt, der daneben am Haken hing. Und – kenne sich einer in Männern aus – das ergrimmte ihn nicht, das rührte ihn! Sofort kam das Papier weg, ein allerfeinstes Brettchen in die Ecke und der Hut zur Reinigung.

Das Nest aber wurde in der Eile viel zu klein für noch einmal sechs Kinder. Eines fiel ein paarmal heraus, das kleinste, ich sammelte es jedesmal wieder auf und setzte es zurück. Eines Morgens lag es wieder unten, schon ganz kalt. Ich legte es in ein Schächtelchen, schön weich in ein Staubtuch gebettet und damit zugedeckt. Nach zwei Stunden, als ich es begraben wollte, war es in der Wärme wieder munter geworden und sperrte den Schnabel auf. Es bekam Butter, die schmeckte ihm. Dann tat ich es wieder ins Nest, hinter seine Geschwister, möglichst weit vom Rand weg. Schon wurde es mitgefüttert und war statt tot sehr lebendig.

Aber mit diesen sechs ging es doch nicht gut aus. Mitte Juli, gerade als sie hinaus ins Freie sollten, gab es einen ganz schlimmen Wettersturz, Kälte, Dauerregen, fast kein Futter. Zwei Tage über die Zeit ließen die Eltern die Kleinen im Nest. Sie fanden kein Futter mehr für sie, von mir nahmen die Kinder nichts an, sie waren zu groß, um es noch zu lernen, die Furcht vor dem Fremden zu überwinden. Sie preßten die Schnäbel fest zusammen. Am dritten Tag wurden sie vor Hunger rebellisch und flogen hinter den Eltern her in die Nässe und Kälte hinaus. Mein Sorgenkind verirrte sich natürlich im Flur. Es konnte noch nicht richtig fliegen, war doch das Nesthäkchen, anscheinend ein paar Tage jünger als die anderen. Wir nahmen es in die warme Küche, und es gelang uns, es zwangsweise zu füttern. Mit einem feinen Hölzchen öffneten wir ihm seitlich den Schnabel, stopften Butter nach und hielten ihm vorsichtig den Schnabel zu, bis es schluckte. Der erste Klecks, den es rückwärts fabrizierte, wurde zum Triumph. In der Mittagszeit schien sich das Wetter zu bessern, eine schüchterne Sonne ließ sich ab und zu blicken. Ich placierte meinen Schützling auf das Fensterbrett, und bald entdeckten ihn die Eltern und fütterten ihn. Auf einmal war es weg, nirgends zu entdecken. Wieder kam Regenguß über Regenguß, hart, schwer und kalt. Nur drei von den sechs schafften den Rückflug ins Nest, drei gingen unauffindbar irgendwo zugrunde. Das Kleine war unter den Überlebenden. So klein es war, so zäh war es, von einem unglaublichen Lebenswillen, ein ganz braunes, ein

richtiges Zigeunerchen. Zuletzt noch eine Woche allein im Haus, sehr empfänglich für eine abendliche Ansprache und Unterhaltung, keck und zutraulich, so ist es in meiner Erinnerung.

Für seine Mutter, unsere alte Schwälbin, war dies der letzte Sommer. Wir hätten ihr einen weniger kummervollen am Ende ihres langen Lebens gewünscht.

Auch ihr Platz wurde wieder ausgefüllt, wieder von einer aufopferungsvollen guten Mutter und, als ob diese allein nicht genügt hätte, von – einer Tante. Die Tante kann für sich das Recht in Anspruch nehmen, eine einmalige Erscheinung in unserer Schwalbengeschichte zu sein. Sie fand sich eines Abends bei den Kindern auf dem Draht ein; eine Witwe, ein spätes Mädchen, wer weiß es? Die anfänglich feindselige Haltung der Mutter der Kinder ertrug sie mit Sanftmut, wich aus, flog hinaus, kam aber so lange wieder, bis es so dunkel war, daß die Hausherrin es vorzog, auf ihrem Schlafplatz beim Nest neben dem Gatten sitzen zu bleiben. So erreichte sie es mit stiller Beharrlichkeit, daß ihre Widersacherin sich an sie gewöhnte – der Ehegatte legte ihrer Anwesenheit sowieso nichts in den Weg. Und die Kinder? Die fanden eine Tante herrlich. Sie erzählten ihr was, kuschelten sich neben sie, machten noch ein bißchen Spaß vor dem Einschlafen, sie benahmen sich genauso, wie sich nette Kinder gegenüber einer netten Tante benehmen. Die Eltern reisten dann auch eines schönen Augusttages zusammen ab und ließen ihre Sprößlinge beruhigt in der Obhut der Tante zurück. Viel später brach sie mit ihnen gemeinsam auf.

Auch der beiden Schwälber muß noch gedacht werden, die einen ganzen Sommer lang einen Sängerkrieg veranstalteten, sich wechselweise ansangen, einer oben, einer unten im Flur – eine entschieden sympathischere Art, sich gegenseitig zu imponieren, als die blutigen Auseinandersetzungen mit tödlichem Ausgang. Sie bekriegten sich nie mit roher Gewalt, benutzten sogar beide die vordere Haustür zum Ausflug – der meine mit einem tollen Sturzflug die Treppe hinunter –, und als es Herbst wurde, da gab keiner die Position auf. Ihre Familien zogen davon, sie wichen und wankten nicht. Keiner wollte dem anderen das Haus allein überlassen. Erst am 20. September kamen sie auf die ebenso richtige wie einfache Lösung ihres Problems: sie verschwanden gemeinsam.

Und nun ist es wieder Frühling, ein ganz früher Frühling mit sommerlicher Wärme im April. In meinen Wiesen blühen gelb und leuchtend die Forsythiensträucher, Narzissen und Vergißmeinnicht säumen den Eingangsweg. Das Kirschspalier, von Bienen und Schmetterlingen umschwirrt, bewegt sich in einem sanften Wind vor dem zarten Rosa der Hauswand wie weiße Wölkchen. Die Tulpen stehen in Reih und Glied, und alle Vögel singen. Über der Haustür schaut der heilige Florian melancholisch verklärt, aber völlig unbeeindruckt von dem Feuer, das er löschen soll, in den Himmel, wie das so die richtige Art für diesen Schutzpatron ist. Und wir, wir stehen unter ihm und sehen in die Bläue hinauf.

Werden sie wiederkommen, unsere Freunde?

Wann werden sie kommen?

Vielleicht schon heute?

Bitte beachten Sie die folgenden Seiten

Richard Bach

Die Möwe Jonathan

Ullstein Buch 20897

Ullstein

Die Geschichte einer Möwe, die anders ist als ihre Artgenossen, die an das Abenteuer des Fliegens als Teil der großen Freiheit der Möwen glaubt. Einer der sensationellsten Bucherfolge, das Kultbuch unserer Zeit.

Alexander Conradt

Irmchen
Ullstein Buch 23460

Irmchen II
Moreno – die größte Liebe seines Lebens
Ullstein Buch 23588

Irmchen III
Perlchen – bis in alle Ewigkeit
Ullstein Buch 23714

Das Irmchen
Postkartenbuch
Ullstein Buch 23726

Ullstein

»Die schönsten Katzenromane der Welt«
Tierschutzverein für Berlin

Richard Katz

Von Hund zu Hund

Ullstein Buch 22561

Ullstein

»Im allgemeinen sind Katze und Hund bis auf seltene Ausnahmen Feinde. Der Schriftsteller Richard Katz aber hat in seinem Buch reinste Liebe zum Hund dokumentiert – und das auf eine ganz reizende Art. Jedem Hundefreund wird dieses Buch gute Laune schenken.«

Berliner Morgenpost